늦대들

늑대들

이영은 지음

블랙홀

차례

늘대는 무리를 이루며 산다.

태생적으로 혼자 살 수 없는 동물이다.

하지만 여기

스스로 무리를 빠져나온 한 늘대가 있다.

그리고 여기

무리에서 받아주지 않는 또 다른 늘대가 있다.

떠도는 늘대, 둘.

떠도는 늘대들.

프롤로그
외로운 아이

"네, 사모님. 저예요. 오실 시간이 지났는데 아직 도착하지 않으셔서……."

— 그이 아직 집에 도착 안 했나요? 어머나, 죄송해요. 제가 바로 연락해 보고 다시 전화 드릴게요.

"네, 네."

전화를 끊은 여자는 작게 한숨을 뱉었다. 벌써 약속한 시각을 훌쩍 지나고 있었다. 8시까지 도착하겠다 말한 부부는 여전히 바깥일을 보는 모양이었다.

휴대폰을 손에서 놓지 못한 채, 벨이 다시 울리기를 기다리던 여자는 힐끔 거실을 살폈다. 작은 사내아이가 혼자서 무언가에 열중해 있었다.

아이 앞에는 지난 밤 아이의 부모가 생일 선물로 준 레고 조각들이 잔뜩 널브러져 있었다. 아이는 작은 책자를 뚫어질 듯 바라보며 조각들을 신중하게 조립했다.

여자는 한 손에 휴대폰을 쥐고, 다른 한 손으론 식탁 위를 툭, 툭툭 두드리기 시작했다. 집 안은 고요했다. 툭툭거리는 여자의 손동작이 시계의 초침 소리와 서서히 겹치며 울렸다.

한참이 지나서야 휴대폰의 진동이 울렸다. 여자는 황급히 전화를 받았다.

"네, 사모님."

— 저희 애 아빠가 9시 안에는 도착한대요. 곧 출발한다니까 아주머니 먼저 일 보러 가세요. 너무 늦었죠. 정말 죄송해요.

"네? 그럼 승우는 어떻게……."

"고작 30분 정도잖아요. 일곱 살이면 그 정도는 혼자 있어도 괜찮을 거예요. 바로 애 아빠가 간다니까 걱정하지 말고 먼저 가 보세요."

"네? 아……. 네, 그럼 저 먼저 들어가 볼게요, 사모님."

대화는 더 길게 이어지지 않고 뚝 끊겼다. 여자는 또 한 번 한숨을 쉬었다. 아이를 혼자 두고 갈 생각을 하니 영 마음이 편치 않았다. 게다가 오늘은 아이의 생일이었다.

여자는 자리에서 일어나 아이에게 다가갔다. 아이는 여자가 가까이 다가가도 여전히 작은 책자에만 몰두하는 중이었다. 무언가를 싸워 이기기라도 하겠다는 듯, 작게 앙다문 아이의 표정이 한껏 진지했다.

"승우야, 아줌마가 너무 늦어서 먼저 가 봐야 할 것 같아."

그제야 아이는 책에서 시선을 떼고 고개를 들었다.

"그럼 나 혼자 있어야 해요?"

"아냐, 아빠 금방 오신대. 승우가 이거 조립하고 있다 보면 금방 아빠 오실걸?"

아이는 말없이 입술을 삐죽 내밀었다. 아이의 표정을 본 여자의 마음이 더욱 심란했다. 힐끔 본 시계의 분침은 벌써 8시 30분을 지나는 중이었다.

오랜만에 미국에서 딸아이가 집으로 돌아오는 날이었다. 공항으로 마중 나가지도 못한 것이 마음에 걸린 그녀는, 집에서 혼자 자신을 기다리고 있을 딸아이 생각에 안절부절못했다.

어린아이 혼자 집에 두고 나오는 것이 영 꺼림칙했지만, 금방 아이 부모가 온다고 하니 괜찮을 것도 같았다.

일어서려는 여자의 옷자락을 아이가 슬쩍 붙잡았다. 여자는 난감했다.

"승우야, 저기 시계 봐봐. 지금 바늘이 8이랑 30 가까이에 있지? 바늘이 9랑 12에 도착하면 아빠가 오실 거야. 그것보다 더 빨리 오실 수도 있고. 아주 조금만 기다리면 돼. 아빠 오시면 같이 케이크 먹어. 아줌마랑 승우가 아까 사 둔 케이크. 어때?"

여자의 말에 아이는 마지못해 손을 놓았다.

너 망설이면 안 될 것 같았다. 여자는 자리에서 일어나 서둘러 현관을 나섰다. 아이는 자신을 향해 손을 흔드는 여자의 모습을 가만히 앉아 지켜보기만 했다.

쿵, 소리를 내며 문이 닫혔다.

아이는 줄곧 가지고 놀던 장난감에 더 이상 손대지 않았다. 집 안은 고요했다. 간간이 현관문이나 방문을 바라보기도 했다. 당장 무서운 괴물이 나타날까 봐 겁이 나는지 작은 주먹을 꾹 쥐며 침을 꿀꺽 삼켰다.

그렇게 아이가 자리를 지키는 동안에도 시간은 천천히 흘러갔다.

시계의 시침이 정확히 9에 도착하자, 아이는 자리에서 일어났다. 여자의 말대로 곧 아빠가 올 거라는 생각이 들자 아이를 둘러싼 두려움이 서서히 사라졌다.

아이는 이제 놀고 싶었다. 아빠와는 종종 숨바꼭질을 하며 놀았다. 아빠가 집에 도착하면 자신을 찾아주길 바라면서, 아이는 먼저 숨바꼭질을 시작했다. 서재로 들어가 책상 밑에 숨었다.

아빠가 방으로 들어오면 깜짝 놀라게 할 생각에 아이는 킥킥대며 웃었다. 아빠는 늘 책상 밑에 숨은 아이를 찾지 못했다.

째깍. 째깍. 째깍. 째깍.

책상 위에 올려둔 탁상시계에서 소리가 일정하게 울렸다.

아이는 책상 밑에 최대한 몸을 웅크리고 숨을 죽였다. 열어둔 방문 틈으로 빛이 새어 들어왔지만, 아이가 숨은 책상 밑은 어둡고 컴컴했다.

째깍. 째깍. 째깍. 째깍.

'아빠는 도대체 언제 오실까?'

아이는 생각했다.

째깍. 째깍. 째깍. 째깍.

새액. 새액. 새액. 새액.

시계 소리의 리듬에 맞춰 아이 숨소리가 고르게 변했다. 기다림의 시간은 자꾸만 길어졌다.

잔뜩 몸을 웅크리고 앉아 있던 아이의 눈이 서서히 감겼다.

"으음……."

다시 눈을 떴을 때도 아이는 여전히 책상 밑에 웅크린 채였다.

'아빠는 아직도 날 발견하지 못한 걸까?'

아이는 조심스럽게 아빠를 불렀다.

"아빠……."

작게 웅얼거리는 소리가 아이의 입에서 흘러나왔다.

"아빠……."

자기 목소리를 못 들었을 거라며, 이번에는 아이가 좀 더 크게 아빠를 불렀다. 그러나 여전히 아빠는 자신을 찾아내지 못했다. 책상으로 다가오는 발소리조차 없었다.

아이는 점점 무서워졌다.

"아빠!"

아이가 있는 힘껏 고함을 지르듯 아빠를 불렀지만, 결국 아빠는 오지 않았다.

아이는 시간이 아주 많이 지났다는 걸 직감했다. 그리고 아빠가 아직 집에 돌아오지 않은 것도 알았다.

째깍. 째깍. 째깍. 째깍.

혼자라는 생각이 들자 사라졌던 두려움이 단숨에 아이를 향해 달려들었다. 사방에서 쏟아지듯 자신에게 몰아치는 두려움을 아이는 피하지 못했다.

아이는 황급히 고개를 숙이고 무릎 사이에 얼굴을 파묻었다. 괴물이 자신을 잡아가지 못하도록 꼭꼭 숨어야 했다.

아이의 손이 덜덜 떨렸다.

"흑……. 흐윽. 흐앙."

결국 울음이 터졌다. 아이는 무서웠다. 겁이 났다.

이 어두컴컴한 방 안에 자신을 지켜 줄 사람은 없었다. 아빠도, 엄마도, 아줌마도. 그 누구도 책상 밑에 있는 자신을 찾아주지 않았다.

아이는 의자를 자기 쪽으로 좀 더 잡아당겼다. 이불을 뒤집어쓰는 것처럼, 최대한 몸을 웅크리고 고개를 숙였다.

째깍. 째깍. 째깍. 째깍.

귓가로 괴물의 발소리가 들려오기 시작했다. 아이의 울음소리는 더욱 커졌다.

아이는 한참을 울었다. 울고 또 울며 엄마, 아빠를 불렀지만 끝내 아이는 혼자였다. 아이는 그렇게 책상 밑에서 기절하고 말았다.

● ● ●

정신이 들었을 땐 엄마와 아빠 목소리가 들려왔다. 아이는 기뻤다. 드디어 엄마와 아빠가 자신을 찾아냈구나 싶어 안도했다.

당장 엄마와 아빠를 부르고 싶었지만, 목소리가 나오지 않았다. 눈앞도 캄캄했다. 아이는 눈을 뜨고 싶었지만, 좀처럼 눈이 떠지지 않았다.

"당신 진짜 미쳤어? 아무리 중요한 일이라도 그렇지 이 지경이 되도록 애를 혼자 둬?"

"나라고 이렇게 될 줄 알았어? 전화할 정신도 없었어. 긴급 수술이었다고!"

"9시까지 도착하겠다며! 그 소리만 철석같이 믿고 나는……. 하아, 정말."

"나만 잘못했어? 넌? 넌 나보다 더 늦게 들어왔어. 일이 중요해서 애 내팽개친 건 너도 마찬가지야. 알아?"

"목소리 낮춰. 승우 깨!"

'엄마, 아빠……. 싸우는 건가.'

아이가 겨우겨우 힘겹게 눈을 뜨자 엄마와 아빠의 모습이 뿌옇게 보이기 시작했다. 아이가 눈을 한 번, 두 번 천천히 깜빡였다.

"승우야!"

"승우야."

아이는 엄마, 아빠가 자신을 부르자 희미하게 웃었다.

"승우야, 더 자도 돼. 더 자. 엄마, 아빠가 미안해."

아이는 다시 눈을 감았다. 더 자도 된다는 말 때문이었을까.

머리를 쓰다듬는 엄마의 손길 때문이었을까. 아이의 숨소리가
점차 편안해졌다.

아이는 다시 깊은 잠에 빠졌다.

◐ ◑ ◑

— 며칠간은 우리 승우 좀 더 잘 지켜봐 주세요. 다행히 큰
사고도 없었고, 아이도 괜찮은 것 같으니까 별 탈은 없을 거예
요. 그래도 혹시 모르니까…….

"네, 사모님. 걱정하지 마시고 일 보세요. 승우는 제가 옆에
서 잘 돌볼게요."

— 네, 아줌마만 믿어요. 부탁해요.

전화를 끊은 여자는 모아둔 숨을 입밖으로 크게 뱉어냈다.
여자는 죄인이라도 된 것처럼 마음이 불편했다. 차라리 그날
조금 늦더라도 아이 부모가 집에 도착하는 걸 보고 갔더라면
어땠을까.

여자는 고개를 절레절레 저었다.

딸아이를 만난 다음 날, 아이가 입원해 있다는 소식을 듣고
여자는 가슴이 철렁 내려앉았다.

승우의 아빠는 새벽이 되어서야 집에 들어왔고, 승우는 서재

에 기절해 있었다고 했다. 그 작은 아이가 병원에 있다고 생각하니 여자는 눈앞이 캄캄해졌다. 자길 두고 가지 말라며 옷깃을 잡던 아이의 눈빛이 여자의 머릿속에 선명하게 떠올랐다.

이틀 후, 여자는 승우를 만났다. 아이는 전과 다를 바 없어 보였다. 여전히 마음이 불편하긴 했지만, 여자는 승우에게 일어난 사고가 제 탓은 아니라고 생각했다. 분명 자신에게 돌아가도 좋다고 한 건 그들이었다. 게다가 부모 아닌가. 아이를 혼자 둔 건 자신이 아닌, 승우의 부모였다.

여자는 불편한 감정을 지우려 눈에 보이는 일감들을 분주하게 처리했다.

아이는 평소처럼 유치원도 잘 다녀오고, 먹는 데도 별 문제가 없었다. 거실에서 혼자 노는 모습도 전과 다를 바 없었다.

여자는 안도했다.

아이가 다 비운 그릇들을 개수대에 넣고 설거지를 시작했다.

"아줌마, 쉬! 쉬!"

"승우야, 아줌마 지금 손에 거품이 잔뜩 묻었어. 승우 소변 혼자 볼 수 있잖아. 화장실 가서 누고 와."

"아줌마, 쉬! 쉬 마려워요. 진짜 급해요."

아이는 바지 앞섶을 부여잡고 어쩔 줄 몰라하며 여자 앞을 서성거렸다. 여자는 그런 승우의 모습을 의아하게 생각했다.

평소 승우라면, 혼자서 화장실에 가 소변을 누었을 것이다.

"승우야, 급하면 화장실 가서 일 봐. 아줌마 이것만 빨리 씻고 갈게. 알겠지?"

여자는 두어 개 남은 그릇에 거품 칠을 하다가, 결국 한숨을 쉬며 그릇을 내려놓았다. 아무래도 승우의 행동이 영 마음에 걸렸다.

대충 손에 묻은 거품만 씻어낸 여자는 물기를 앞치마에 닦으며 화장실로 다가갔다.

"승우야⋯⋯."

여자는 눈앞에 보이는 모습에 놀라 멈추어 섰다.

아이가 화장실 문 앞에서 울고 있었다. 오줌을 싸 버린 모양인지 바지가 흥건하게 젖어 있었다. 발밑엔 누런 오줌이 고여 있었다. 여자는 당황한 나머지 곧장 아이를 달래지도 못했다.

사고가 정지된 듯 잠시 멍하게 있던 여자는, 간신히 정신을 차리고 아이에게 다가갔다. 괜찮다고 말하며 바지를 벗기고, 화장실로 데려가 씻겼다. 여자가 아이의 새 속옷과 바지를 가지러 가는 동안에도 아이는 줄곧 그녀 뒤를 졸졸 따라다녔다.

여자는 아이가 조금 이상하다 생각했다.

여자가 옷을 갈아입히는 동안에도 아이는 울음을 멈추지 않았다. 새 옷으로 완전히 갈아입히고 난 후에야 여자는 아이를 향해 물었다.

"승우야, 왜 바지에 오줌 쌌어? 바지가 잘 안 내려갔어?"

"흑, 흐윽. ……아니요."

"그럼 무슨 문제라도 있었어? 승우는 이제 바지에 실수 안 하잖아."

"흐윽, 흑. 흑."

"승우야, 괜찮아. 아줌마가 혼내는 거 아니야. 궁금해서 그래."

"……무서워요."

"응?"

"화장실에…… 혼자…… 가기 무서워요."

"아……. 승우야……."

여자는 우는 아이를 품 안으로 감싸 안았다. 아이의 몸이 떨렸다. 아이를 안은 여자의 몸도 조금씩 떨리기 시작했다.

여자는 왈칵 쏟아질 것 같은 눈물을 꾹 참았다.

아이는 겉보기에만 말짱했을 뿐, 조금도 괜찮지 않았다. 여자는 아이가 미칠 듯이 안타까웠다.

"괜찮아. 승우야, 괜찮아."

여자는 아이의 등을 천천히 토닥였다.

제1장
늑대, 집을 나오다

"뭐? 나 혼자?"

— 미안해, 아들. 갑자기 정말 중요한 미팅이 생겨 버렸어. 오늘은 꼭 시간 내려고 했는데, 이게 엄마에게 너무 중요한 일이거든. 앞으로 이런 기회가 다시 올지도 모르…….

휴대폰에선 끊어지지 않는 말소리가 계속해서 흘러나왔다. 엄마는 약속을 지킬 수 없는 이유라고 하지만, 승우에겐 그저 변명뿐인 말들이었다.

승우 귀에서 엄마 목소리가 점점 희미해지기 시작했다. 이런 걸 '페이드아웃'이라고 했던가. 엄마의 말을 제대로 듣지 않은 채, 승우는 무작정 알았다고 대답하며 전화를 끊었다.

엄마는 약속을 지키지 못하게 될 때마다 매번 이렇게 구구절절 긴 변명을 늘어놓았다. 그리고 괜찮다는 승우의 대답을 듣기 전까지는 절대 전화를 끊지 않았다. 승우는 늘 억지로 "알았어." 또는 "괜찮아."라고 대답했다.

"정말 너무해."

승우는 엄마가 약았다고 생각했다. 온갖 신상 물건들을 잔뜩 사 들고 와서는 미안하다며 어쩔 줄 몰라 할 엄마의 모습이 승우의 머릿속에 그려졌다.

"미안하다 할 거면 미안한 일을 하질 말든가."

승우는 손에 든 휴대폰을 한쪽에 던져 놓고는 소파에 털썩 앉았다. 고요하기만 한 집에서 요란한 진동과 함께 풀썩, 큰 소리가 났다.

승우는 티비라도 켤까 생각했다가, 그냥 말았다. 채널마다 크리스마스와 관련된 영화나 예능 프로그램만 계속해서 나올 게 뻔했다. 그런 걸 쳐다보고 있다가는 괜히 기분만 더 나빠질 것 같았다.

이게 다 너무나 똑똑한 엄마, 티비에 나오는 유명인 아빠를 둔 탓이었다. 모두가 승우에게 좋은 부모님을 가졌으니 세상 부러울 게 없겠다고 말하곤 했다.

"쳇, 다 몰라서 하는 말이지."

그 좋은 부모님들은 늘 승우와의 약속을 이렇게 갑작스럽게 취소했다. 올해만 해도 벌써 여러 번이었다.

사실 승우는 어린 시절에도 명절이나 기념일을 부모님과 함께 보내는 일이 드물었다. 명절 같은 날은 바쁜 사람들이 더욱 바쁜 날이지 않던가.

승우의 명절은 티비로 아빠 얼굴을 보는 날이었다. 우연히 방송 출연을 몇 번 한 뒤로 아빠는 잘나가는 의사가 되어 있었다. 아빠가 출연하는 고정 프로그램도 몇 생겼다. 아빠가 유명해지면 좋을 거라던 엄마의 말을 어린 승우는 곧이곧대로 믿었다.

승우가 중학생이 되자 부모님은 집에 혼자 남은 승우에게 더 이상 '미안하다.'라는 말을 하지 않았다. 부모님에게 열네 살이란 나이의 승우는 더 이상 보호해야 할 어린이가 아니었다.

승우는 억울했다. 보호 받지 못하나, 여전히 부모의 울타리에 있어야 하는 제 처지가 이제는 조금 불공평하다고 느껴졌다.

'늘 바빴던 부모님이니까……'

올해 어버이날에도, 엄마와 아빠의 생일에도, 승우는 바쁜 일이 생겨서 집에 늦게 들어가게 되었다는 부모님의 연락을 받았다.

별로 실망스럽진 않았다. 늘 갑작스럽게 약속을 취소당하는 것, 승우에겐 익숙한 일이었다.

'그래도 내 생일날엔 같이 있어 주겠지, 뭐.'

애써 자기 위로하는 승우를 비웃기라도 하는 듯 엄마와 아빠는 승우의 열네 번째 생일날에 저마다의 핑계를 대며 차례대로 생일을 함께하지 못하겠다고 연락해 왔다.

승우에겐 충격이었다. '그 사건'이 있었던 이후로 부모님은 늘 자신의 생일만큼은 어떻게든 시간을 내어 함께 저녁 시간을 보냈기 때문이다.

"엄마, 아빠랑 보내야 할 날인데……. 진짜 내가 같이 있어도 되는 건지 모르겠네."

승우는 결국 아줌마와 함께 생일 케이크에 꽂힌 촛불을 불었다. 늘 부모님과 함께 생일을 보냈기에 친구들과 잡은 약속도 없었다. 케이크는 엄마, 아빠와 함께 먹으라며 아줌마가 미리 준비해 둔 것이었다. 생일을 혼자 보내게 되어 도리어 당황한 건 승우가 아닌 아줌마였다.

"열네 살이 다 큰 것도 아니고, 아직 이렇게 애기인데, 네 엄마, 아빠는 진짜……."

아줌마는 말꼬리를 흐리며 한숨을 쉬었다.

승우도 알았다. 아줌마는 그날 일 이후로 내심 엄마와 아빠를 못마땅하게 여겼다. 부모님 앞에서 대놓고 티를 내지 않았지만, 승우 앞에서는 종종 이렇게 무심코 속내를 비쳤다.

승우는 그런 아줌마를 보며 슬쩍 웃었다. 아줌마만큼은 영원히 내 편이 되어 줄 것만 같았다. 순전히 제 착각일지 모르지만, 이런 생각을 하는 것만으로도 승우는 기분이 좋았다.

내 편. 승우에게는 언제나 곁에 있어 줄 내 편이 필요했다. 승우는 그 내 편이 엄마, 아빠가 되어 주었으면 좋겠다고 늘 바랐다.

열네 살은 외로운 나이였다. 다른 사람은 몰라도 적어도 승우에겐 그랬다.

엄마와 아빠는 승우가 중학교에 들어간 이후로, 기다렸다는 듯 최소한의 부모 역할을 내려놓았다.

승우가 생각하기에 최소한의 부모 역할은 어려운 게 아니었다. 어버이날이 되면 정성껏 적은 편지와 직접 만든 엉성한 꽃 선물을 받아 주는 것, 생일엔 시간을 내어 같이 식사하고 케이크의 초를 부는 것, 명절 연휴엔 집에 같이 있어 주는 것…….

지금 부모님은 자신에게 이런 최소한의 노력조차 하지 않겠노라고 몸소 보여 주고 있었다. 그래서 승우는 무척이나 슬펐다.

이제 승우는 마지막 남은 기념일을 악착같이 사수하겠다고 다짐했다.

어쩌면 승우의 오기일 수도 있었다. 보란 듯 부모 역할을 미루는 엄마, 아빠에게 승우는 아직 자신을 봐 달라고, 날 좀 신경 써 달라고 말하고 싶었다.

승우가 영영 부모님을 보지 못하고 사는 건 아니었다. 늦더라도, 엄마와 아빠는 늘 집으로 돌아왔고 승우는 하루에 잠시나마 둘의 얼굴을 볼 수 있었다. 그러나 이건 그와는 다른 문제였다.

열세 살에서 열네 살이 되었다는 이유만으로 이렇게 다 큰 사람 취급 받아야 하는 게 승우는 싫었다. 고작 한 살의 문턱을 넘었을 뿐인데, 부모님은 승우에게 필요 이상의 이해를 요구했다.

'열셋과 열넷. 한 살의 문턱이 이렇게 높을 줄이야.'

승우는 절레절레 고개를 저었다. 승우에게 열네 살은 그저 열세 살에서 한 살 더한 것에 불과했다.

이제 승우가 부모님과 함께 보낼 수 있는 열네 살의 기념일은 오직 크리스마스뿐이었다. 승우는 나름대로 부모님과 크리스마스를 함께 보낼 방법을 궁리했다. 승우가 찾아낸 방법은 '학기말 고사'였다.

중학교 1학년은 자유학년제라서 공식적인 시험이 없었다. 승우네 학교도 마찬가지였다. 아빠는 이런 '일반 학교'에 승우가 입학하는 걸 몹시 못마땅하게 여겼다. 아는 사람에게 손을 써 두었으니, 유명 사립 중학교로 입학시키자며 한창 엄마와 말다툼을 벌이기도 했다.

결과적으론 엄마가 이겼다. 엄마는 승우가 원하는 대로 친구들이 많은 학군지의 중학교로 승우를 보냈다. 그 후로 승우와 아빠의 관계가 조금 서먹해졌다.

10월의 절반이 지날 무렵, 2학년 반 배정을 이유로 학교에서는 기말고사를 치른다는 이야기가 나왔다. 반 배정은 핑계일 뿐, 그저 우리를 공부시킬 목적이라며 교실 안에선 아이들의 불만이 한창이었다. 투덜거리는 아이들의 말을 가만히 들으며, 승우는 마침 좋은 기회가 왔다고 생각했다.

승우는 그날 밤 엄마의 방을 조심스럽게 노크했다.

"엄마, 부탁이 있어요."

생전 부탁이란 걸 해 본 적 없는 승우였다. 엄마의 눈이 조금 커졌다.

"이번에 기말고사 잘 보면 제 소원 하나 들어주세요."

엄마는 승우의 말에 당연히 그러겠노라 대답했다. 승우는 이미 소원이 이루어지기라도 한 것처럼 기뻤다. 승우의 소원은 '엄마 아빠와 함께 보내는 크리스마스'였다.

그날 이후 승우는 치열하게 공부했다. 일상이 크게 달라진 건 없었다. 승우는 초등학교 때부터 늘 아이들 사이에서 엘리트로 불렸다. 매일 학교가 끝나면 곧장 차를 타고 학원으로 향했다. 전국구 유명 강사들의 수업을 듣기 위해서였다. 승우가학교를 다니기 시작하면서 방과 후 학원 픽업은 늘 아줌마가담당해 주었다.

저녁을 먹고 난 이후의 시간은 고스란히 승우의 시간이었다. 아직은 학업 스트레스를 주고 싶지 않다는 엄마의 뜻이기도했다. 승우는 이 시간에 책을 보거나 하고 싶은 걸 했다. 태블릿과 게임기로 시간을 보내거나, 의미 없이 티비를 틀어 놓고앉아 있기도 했다.

그러나 이제 승우에게는 목표라는 게 생겼다.

'시험을 잘 봐야 해.'

승우는 기말고사를 앞두고 난생처음 밤늦게까지 저 스스로책상 앞에 앉았다.

사실 늦은 밤에 책상 앞에 앉는다고 해서 딱히 공부가 잘 되는 건 아니었다. 몇 시간 동안 책을 펴고 있어도 단 몇 문장, 몇글자도 눈에 들어오지 않을 때도 많았다. 그래도 승우는 그렇게라도 해야 목표를 이룰 수 있을 것만 같았다.

며칠이 지나자 새벽까지 공부했다고 말하는 반 아이들이 점점 많아졌다. 다른 애들도 하고 있다면 자신도 그렇게 해야만

할 것 같다고, 승우는 생각했다. 그건 승우가 할 수 있는 최소한의 노력이었다.

승우는 결국 전교에서 상위권 등수에 들었다. 꽤 기뻤다. 마지막 남은 기념일을 엄마, 아빠와 보낼 수 있다는 사실이 자신의 노력으로 얻어낸 보상처럼 느껴졌다.

엄마는 승우의 성적을 듣고 무척 기뻐했다. 당연히 소원을 들어주겠다며, 크리스마스엔 무슨 일이 있어도 승우와 함께 시간을 보내겠다고 호언장담했다. 아빠도 큰 내색은 하지 않았지만, 조금은 기뻐하는 것처럼 보였다. 승우는 이 모든 일들을 이루어 낸 자신이 자랑스러웠다.

그리고 기다리던 약속의 날. 승우와 엄마, 아빠가 한 약속은 보란 듯이 깨졌다.

"엄마, 오늘은 정말 안 바빠. 아빠는 바쁘시지만, 엄마는 오늘 승우랑 같이 크리스마스 보낼 수 있어. 뭐 먹고 싶은 건 없어? 이따 엄마랑 네가 먹고 싶은 거 다 만들어 먹을까?"

이른 아침부터 엄마는 화려한 정장을 차려입고 화장을 하며 말했다. 엄마의 말에 승우는 일부러 시큰둥한 표정을 지었지만, 얼굴에는 감출 수 없는 미소가 희미하게 걸렸다.

승우는 온종일 기분이 좋았다. 집에 혼자 있었어도 심심할 틈이 없었다. 엄마와 함께 어떤 음식을 만들까 생각하고, 받고 싶은 선물을 고르느라 쉴 새가 없었다. 시간이 흐를수록 승우의 기대감은 더욱더 커졌다.

하늘이 어둑해졌을 때도 승우는 여전히 웃었다. 온종일 기다리는 초인종 소리가 아닌, 원치 않았던 전화벨 소리가 울리기 직전까지도 말이다.

'생일날에도 같이 못 있었으니, 오늘만큼은 꼭 시간 낸다고 했으면서. 오늘은 나랑 같이 보내겠다고 했으면서!'

누구에게도 전할 수 없는 마음속 외침이 승우 안에서만 크게 울렸다.

"엄마를 믿은 내가 바보지."

승우는 종일 엄마를 기다리며 설렌 자신이 너무나 바보 같았다. 이번에도 또 속았다.

승우는 가만히 거실 창밖을 바라보았다. 창밖은 다른 세상이었다. 즐거운 웃음소리와 캐럴이 함께 울려 퍼지는 따뜻한 세상. 작은 등조차 켜지 않아 적막뿐인 이 집과는 전혀 다른 세상.

승우는 정말 오늘만큼은 엄마, 아빠와 함께 하루를 보내고 싶었다.

12월 25일, 크리스마스.

1년 중 마지막 남은 특별한 날이었다. 가족들과 함께 파티하며 즐겁게 지낼 수 있는 날. 엄마와 아빠를 옆에 붙들어 둘

수 있는 그럴듯한 이유가 있는 날. 함께 보내기로 약속까지 한 날……

"아줌마라도 함께 있었으면 좋았을 텐데……."

자리에서 일어난 승우는 부엌으로 가 냉장고 문을 열었다. 혼자 해 먹을 음식을 찾아보았지만, 마땅히 먹을 만한 게 없었다. 식탁 위에는 낮에 먹다 남은 샌드위치가 덩그러니 놓여 있었다.

냉장고 안에는 온갖 신선한 채소, 과일들이 가득했다. 크리스마스에 엄마와 함께 요리해 먹을 거라는 승우의 말에 아줌마가 미리 채워 놓은 것들이었다. 승우는 냉장고 깊숙한 곳까지 손을 뻗어 살폈지만, 먹을 만한 건 찾지 못했다.

승우는 요리할 줄 몰랐다. 먹고 싶은 것들은 모두 아줌마가 해 주었으니 딱히 요리를 배울 필요도 없었다.

"아, 진짜 먹을 게 하나도 없네."

승우는 아줌마에게 와 달라고 전화라도 해 볼까, 하다가 이내 마음을 접었다. 오늘은 크리스마스였다. 아줌마도 가족들과 함께 시간을 보내야 했다. 어제도 엄마, 아빠의 귀가가 늦어져 아줌마는 제시간에 집으로 돌아가지 못했다.

무엇보다 아줌마는 혼자 있다는 제 말에 당장 달려오고도 남을 사람이었다. 승우는 이 방법은 아니라는 듯 고개를 작게 저었다.

아줌마는 승우에게 엄마와도 같았다. 승우가 기억이라는 걸 시작한 아주 어린 나이부터 지금까지 아줌마는 늘 곁에 있었다. 매일 아침 일찍 집으로 출근해 승우에게 밥을 차려 주고 학교 갈 준비를 도왔다. 낮에는 집안일과 청소를, 저녁에는 학원을 마치고 오는 승우를 위해 맛있는 식사를 차려 주었다.

저녁 8시가 되어서야 아줌마는 집으로 돌아갔다. 그즈음이 승우의 부모님이 돌아오는 시각이었기 때문이다. 가끔 부모님이 늦으면 아줌마의 퇴근도 늦어졌다.

승우가 저녁을 다 먹자마자 아줌마는 늘 그랬듯 부엌을 말끔하게 치웠다. 그동안 승우는 거실 소파에 앉아 티비를 켰다. 너무 시끄럽지도, 그렇다고 너무 조용하지도 않을 정도로 볼륨을 조절한 승우는 슬쩍슬쩍 고개를 돌려 아줌마를 쳐다보았다. 조용하지만 빠르게 손을 움직이는 아줌마의 뒷모습을 보는 건 승우가 좋아하는 일 중 하나였다.

할 일을 마친 아줌마는 익숙하게 식탁 의자를 빼고 앉아 뜨개질을 시작했다. 시간은 이미 8시를 지나고 있었다. 연말이었다. 매년 이맘때에 부모님의 퇴근은 늘 늦었다. 시간이 흐를수록, 승우는 아줌마에게 미안했다. 전에는 해 본 적 없던 생각이었다.

언제부터였을까. 승우는 문득 아줌마의 어깨가 자신의 시야 아래에 있다는 걸 알았다. 올려다봐야 했던 아줌마가, 어느덧 자신보다 더 작아졌다. 그 순간 이후로 승우의 머릿속에는 하나의 질문이 떠다녔다.

'이제 보호 받아야 하는 건 나일까, 아줌마일까.'

아직도 승우는 그 답을 잘 알 수 없었다.

온갖 세상일과 무관하기라도 한 것처럼 시곗바늘은 그저 자신의 갈 길만 꿋꿋하게 걸어 나갔다. 9시를 10분 남겨 두었을 때, 승우가 결국 입을 열었다.

"아줌마, 이제 저 혼자 있어도 괜찮아요. 저 이제 어린애 아니잖아요."

승우의 말에 고개를 든 아줌마는 별말 없이 그저 웃었다. 괜찮다는 뜻이었다. 승우는 아줌마의 이런 점이 좋았다. 지금이라도 집에 보내 드리는 게 맞지만, 마음 한편으로는 아줌마와 더 오래 같이 있고 싶었다.

"아줌마가 안 괜찮아."

결국 손에 쥐고 있던 뜨갯거리를 식탁 위에 내려놓은 아줌마가 승우를 바라보고 가만히 미소를 지었다.

"아줌마한텐 넌 아직도 화장실 같이 가 달라고 손잡고 매달리는 애야, 애."

"아, 그건 완전히 어릴 때만 그랬던 거잖아요."

"완전히 어릴 때는 무슨. 너 열 살 때까지 아줌마랑 화장실 같이 간 거 기억 안 나니? 자기 전에도 아줌마 손잡고 잤잖아."

"아, 제가 언제요!"

얼굴이 새빨갛게 변한 승우의 모습에 아줌마는 쿡, 하고 웃었다.

"아줌마는 괜찮아. 아줌마는 승우 혼자 있게 안 돼."

아줌마의 말에 오랫동안 잊고 있던 그날이 어렴풋이 떠올랐다. 마치 오래된 사진첩을 넘기는 듯한 기분이었다. 기억은 희미해진 사진처럼 들성들성 남아 있었다. 늘 자신과 엄마, 아빠만 있던 그 오래된 사진들 속에서 승우는 이제야 한쪽 구석에 서 있는 아줌마를 발견했다.

'그날 상처 입은 사람은 나뿐만이 아니었구나.'

승우는 아줌마가 매일 늦게까지 자기 곁을 지키는 이유를 어렴풋이 알 것 같았다. 처음이었다. 집에 혼자 남겨지는 것을 무서워하는 승우처럼, 아줌마도 집에 승우를 혼자 두는 것이 무서운 거였다.

승우는 그날 아줌마에게 묘한 동질감을 느꼈다.

'아줌마랑 같이 있을 땐 혼자라는 생각 따윈 들지 않는데.'

고요한 집에서 꼬르륵 소리가 요란하게 울렸다. 승우는 배에 손을 대며 슬쩍 인상을 썼다.

"크리스마스를 이렇게 혼자 보내는 애가 나 말고 또 있을까? 아, 이제 난 애가 아니지."

머릿속에선 여러 생각들이 끝없이 꼬리를 물고 늘어지며 승우를 괴롭혔다. 시간이 지날수록 승우는 자신을 세상에서 가장 불행한 사람으로 만들고 있었다. 빈집에 혼자 앉아 한참이나 혼잣말을 중얼거렸다.

"아, 크리스마스 기념으로 엄마한테 선물 사 달라고 하려 했는데……."

딱히 받고 싶은 선물이 있는 건 아니었다. 자신도 다른 애들처럼 부모님께 크리스마스 선물을 받고 즐거워하는, 그리고 제가 받은 것들을 신이 나서 친구들에게 자랑하는 일을 하고 싶었을 뿐이었다.

거실에 혼자 있으니 승우는 이상하게도 자꾸 신경이 곤두섰다. 익숙한 집이지만, 오늘은 무척 낯설고 불편하기만 했다. 곧 승우는 그 이유를 찾았다.

이 집 안에 '다시 혼자' 있었다.

그 일 이후 승우는 집을 무서워했다. 정확히는 집 안에서 혼자 있는 걸 무서워했다. 일곱 살의 기억은 금세 희미해졌지만, 승우의 몸은 그날의 일을 좀처럼 잊질 못했다.

승우는 환하게 불이 켜진 방에도 혼자 들어가지 못했다. 화장실을 갈 때도 늘 아줌마나 엄마, 아빠가 지켜보고 있어야만 했다. 또 누군가가 와서 자신의 손이나 몸을 잡아 주어야만 잠이 들었다.

엄마와 아빠는 그런 승우를 데리고 상담 치료를 다녔다. 승우의 병은 다행히 '집'에서만 발병한다는 사실을 찾아냈다.

학교나 학원에서 생활하는 데 큰 문제가 없었기에, 승우가 가진 병을 아무도 알아채지 못했다. 승우의 문제를 알고 있는 사람은 오로지 엄마, 아빠 그리고 아줌마뿐이었다.

그러나 이제 시간이 흘러 승우는 더 이상 어린애가 아니다. 엄마와 아빠는 승우의 병이 다 나았다고 여겼다. 그 결과, 승우는 크리스마스인 오늘 집에 혼자 남았다.

서재에서 들려오는 희미한 시계 소리가 오늘따라 미칠 듯이 거슬렸다. 스산하게 느껴지는 방 안의 어둠도 이상하게 기분이 나빴다. 집 안의 고요한 정적에 승우의 심장은 오히려 전속력으로 달리기라도 하는 것처럼 두근거렸다.

승우는 방으로 들어가 지갑에 있던 오만 원짜리 세 장을 모두 꺼내 주머니에 접어 넣었다. 열네 살의 아이가 가진 것치고는 꽤 많은 돈이었다. 부모님은 용돈을 자주 주었지만, 정작 승우는 쓸 일이 별로 없었다. 무언가 부족함을 느껴 본 적도, 무언가를 갖고 싶은 적도 없었다.

신상 휴대폰과 태블릿, 최신 게임기……. 친구들이 갖고 싶어 하는 것들은 이미 승우의 손에 쥐어져 있었다. 엄마, 아빠는 그렇게 승우가 필요로 하지 않는 물건들을 선물이랍시고 건넸다. 하지만 억지로 손에 쥐어진 그것들은 승우에겐 선물이 아니라 혼자 시간을 보낸 것에 대한 대가일 뿐이었다.

승우는 그것들을 원하지 않았다. 책상 위에는 아직도 뜯지도 않은 신형 게임기 박스가 먼지와 함께 놓여 있었다.

"편의점은 문 열었겠지."

두툼한 점퍼를 입고 지퍼를 목 끝까지 올린 승우는 잠시 허공을 쳐다보며 편의점 간판에 적힌 숫자 '24'를 떠올렸다. 먹을 걸 좀 사 올 생각으로 승우는 방을 나왔다.

집을 나서기 전, 승우는 뒤돌아 까만 어둠이 빽빽한 집 안을 한번 훑어보았다. 집 전체를 감싼 어둡고 고요한 적막은 뱀처럼 스르르 기어 나와 승우의 몸을 천천히 타고 올라왔다.

그 오싹하고 섬뜩한 감각은 승우의 몸을 돌처럼 굳어 버리게 만들었다. 천천히 승우의 목을 휘감은 적막이 곧이어 목을 콱 조이며 비틀었다.

숨이 막힐 듯한 답답함에 승우는 결국 도망치듯 서둘러 집을 나왔다.

제2장
또 다른 늑대와 만나다

1층에 도착한 엘리베이터의 문이 열리자 차가운 공기가 승우의 몸을 빠르게 스치며 지나갔다. 한겨울의 밤공기는 날카로운 칼날처럼 매섭기만 했다. 숨을 들이켜고 내쉴 때마다 코끝이 얼얼해지는 기분에 승우는 몸을 잔뜩 움츠렸다.

아파트 현관을 지나고 나서야, 승우는 휴대폰을 집에 두고 온 사실이 떠올랐다. 하지만 다시 집으로 돌아가지 않았다. 편의점에 다녀오는 동안 딱히 연락 올 곳도 없었다.

거리는 온통 크리스마스 장식들로 화려하게 빛났다. 승우는 주변을 두리번대며 슬쩍 주위를 살폈다. 혹시 자기처럼 혼자 있는 애가 한 명이라도 있을까 싶어서였다. 역시나 크리스마스에 혼자인 사람은 없었다.

"크리스마스 밤거리를 혼자 걷는 애라니. 너무 이상하잖아."

혼잣말을 중얼거리던 승우는 급한 일이라도 있는 것처럼 발걸음을 서둘렀다. 다른 사람 눈에 자신이 이상하게 보이는 게 싫었다.

얼마 걷지 않아 편의점이 보였다. 승우는 걸음을 멈추었다. 막상 편의점에 도착했지만 혼자 들어가고 싶지 않았다. 승우는 그 앞에서 한참이나 망설였다. 볼 끝에 스치는 바람이 따가웠다.

"난 그냥…… 집을 나오고 싶었나 봐."

누군가에게 슬쩍 말을 건네듯 승우가 입을 열었다. 돌아오는 대답은 아무것도 없었다. 그저 아무라도 좋으니 누군가가 자기 말을 들어 주길 바랐다. 오늘따라 혼자 있다는 사실이 견디기 힘들었다.

괜스레 마음이 서글퍼진 승우는 결국 편의점을 그대로 지나쳐 계속 걸었다.

"아, 씨. 진짜 어디 가지?"

아무리 고민해도 마땅히 갈 만한 곳이 없었다. 피시방을 떠올렸으나, 승우는 이내 고개를 저었다. 친구들이 잘 가는 피시방조차 승우는 한 번도 가 본 적이 없었다. 새로운 모험을 하는 건 생각보다 훨씬 두려웠다.

목적지가 없는 발은 습관처럼 익숙한 길을 따라 움직였고, 그러다 보니 어느새 승우는 학교 앞에 다다랐다. 그곳은 승우가 졸업한 초등학교였다.

불빛 하나 켜지지 않은 학교는 으스스했다. 승우는 굳게 닫힌 철문 앞에 우두커니 서서 잠시 운동장을 바라보았다.

6년이나 다녔던 학교가 이제는 낯설게 느껴졌다. 익숙한 곳이었지만, 어쩐지 함부로 들어서면 안 될 곳이 된 것만 같았다. 이런 감정이 승우는 못내 아쉬웠다.

승우는 차라리 시간을 되돌려 다시 이곳을 다니던 때로 돌아가고 싶어졌다. 적어도 그때는 지금처럼 혼자라는 외로움을 느끼지도, 필요 이상의 이해를 요구 받지도 않았었다. 고민조차 없었고, 그냥저냥 행복했다. 그게 이토록 간절하게 그리워질 줄이야……

승우는 자신이 이런 생각을 하게 될 줄 정말 몰랐다.

"오랜만에 한번 들어가 볼까."

정문을 굳게 막는 철문 옆으로 한 사람만 겨우 드나들 수 있는 쪽문이 열려 있었다. 동네 사람들을 위해 개방해 둔 문이었다.

크리스마스에도 운동장엔 운동하는 사람들이 몇몇 보였다. 승우는 어둠 속으로 스쳐 지나가는 사람들의 얼굴들을 흘낏 바라보며 또래로 보이는 애가 있는지 열심히 찾았지만, 승우 또래의 애는 역시 없었다.

드문드문 지나가는 차 소리가 들렸지만, 어두운 밤하늘은 더 이상의 소음을 용납하지 않겠다는 듯 순식간에 소리를 바닥으로 짓눌렀다.

길가에는 고요한 정적만이 흘렀다. 그 순간 승우 귓가에 낯선 목소리가 또렷하게 울려 왔다.

'여긴 네가 있을 곳이 아니야.'

승우는 결국 또다시 발걸음을 돌렸다.

딸랑.

유리문을 밀자 맑은 종소리가 났다. 결국 승우가 선택한 곳은 학교 바로 옆 편의점이었다.

'뭐, 애초에 편의점에 올 생각이었으니까.'

승우는 애써 자신의 마지못한 선택을 합리화하며 편의점 안을 서성거렸다.

작년까지 종종 친구들과 들락거렸던 편의점을 오랜만에 들러서인지 옛 생각이 떠올랐다. 6학년 쉬는 시간과 점심시간에 선생님의 눈을 피해 친구들과 몰래 편의점에 가곤 했다.

짧은 시간에 라면이나 삼각김밥, 과자를 사 먹어야 하는 미션은 아이들에게 재밌는 놀이이자, 고픈 배를 달래는 구세주였다. 승우는 편의점에서 뭘 사 먹진 않았지만, 종종 친구들의 스릴 넘치는 모험에 따라나서곤 했다.

친구들이 그랬던 것처럼, 승우도 가게 안쪽 냉장 코너에서 삼각김밥 두 개를 집어 들었다. 예전에 아이들한테 김밥 하나로는 양이 차지 않는다는 말을 들었기 때문이다.

"이천사백 원입니다."

잔돈이 생기는 게 싫어 바로 앞에 보이는 초콜릿 하나를 더 집어 계산한 승우가 편의점 안쪽에 마련된 자리로 향했다. 이렇게 된 김에 간단히 끼니라도 때우고 집에 들어갈 생각이었다.

'어?'

승우의 눈이 잠시 커졌다.

편의점 구석 테이블에는 이미 누가 자리를 잡고 있었다. 승우가 삼각김밥을 찾아 편의점 안을 둘러볼 때는 미처 발견하지 못한 애였다.

이런 날, 이런 시간에 편의점에서 혼자 도시락을 먹고 있는 애, 자신처럼 이 크리스마스의 밤길을 홀로 거니는 또 다른 애, 그리고 이런 말도 안 되는 상황을 묘하게 납득시키는 애, 오

공진.

딱히 친하지 않은 공진과 승우의 인연은 이상하리만큼 질겼다. 초등학교 6년 동안 여러 번 승우와 같은 반이었던 공진은 중학교에서도 또다시 승우와 같은 반이 됐다.

아는 사람을 만났다는 반가움과, 들키고 싶지 않은 모습을 보인 것 같아 느껴진 당황스러움 사이에서 승우의 마음이 갈피를 못 잡은 채 이리저리 움직였다.

도시락 옆에 세워 둔 휴대폰으로 유튜브 영상을 보느라 공진은 아직 승우를 보지 못한 듯했다. 승우는 고민하다가 공진의 앞자리로 다가가 조심스럽게 앉았다. 옆의 빈자리를 두고 굳이 제 앞자리를 택해 앉았건만, 공진은 그런 자신 따위는 신경조차 쓰지 않는 듯했다.

'말을 걸어 볼까.'

문득 떠오른 생각에 승우는 깜짝 놀랐다. 굳이 먼저 공진을 아는 척할 필요는 없었다. 애초에 둘은 그런 관계가 아니었다.

'아, 괜히 여기에 앉았나?'

승우는 공진에게 특별히 잘못한 게 없는데도, 앞에 앉아 있는 게 무척 불편하고 어색했다. 그렇다고 인제 와서 자리에서 일어나 밖으로 나가기도 뭣했다. 공진이 자신을 이상한 사람 취급하는 것도 싫었다.

승우는 방금 계산한 것들을 괜히 만지작댔다. 한참을 그러고 있자 공진이 고개를 들었다. 그제야 승우를 발견한 공진의 눈이 놀란 듯 커졌지만, 반응은 그게 다였다. 공진의 시선은 다시 휴대폰으로 옮겨 갔다.

무덤덤한 공진의 반응에 어쩐지 마음이 조급해진 건 승우였다.

"야, 너 혹시 나 하룻밤 재워 줄 수 있나?"

승우는 깜짝 놀랐다. 제 입에서 이런 말이 나올 줄은 미처 생각하지 못했다. 승우와 공진은 같은 반일 뿐 서로에게 말을 걸지도, 걸 일도 없는 관계였다.

승우는 자신이 뱉은 말을 주워 담을 수 없다는 걸 곧 깨닫고 후회했다. 공진의 입에서는 당연히 거절의 대답이 나올 것이었다.

휴대폰에서 눈을 떼고 잠깐 고개를 든 공진이 한 번 더 승우를 쳐다보더니, 이내 다시 휴대폰으로 시선을 옮겼다.

"그래."

"어? 어……."

공진이 대수롭지 않게 답했다. 오히려 승우의 대답이 떨떠름했다.

승우는 그제야 공진의 앞에서 삼각김밥의 포장을 벗겨 입에 물었다.

'이제 어떡하지?'

승우의 머릿속이 복잡해졌다. 몇 번 씹다 삼킨 밥알은 차갑고 딱딱했다. 승우는 입 안의 음식물을 힘겹게 씹어 삼켰다. 가슴이 턱, 하고 막히는 기분이었다.

얼마 되지 않아 도시락을 다 먹은 공진이 자리에서 일어났다. 승우도 엉거주춤 일어나 공진을 뒤따랐다. 편의점 문을 열고 나오자 피부로 훅 느껴지는 밤공기가 찼다.

두 아이는 본능적으로 어깨를 잔뜩 움츠렸다.

"버스 타고 가자."

공진의 말에 승우는 고개를 저었다.

"그냥 걸어가자. 좀 걷고 싶어."

잠시 고민하던 공진은 고개를 끄덕거리며 앞서 걷기 시작했다. 승우는 그런 공진의 뒤를 따랐다. 어느새 두 아이는 나란히 길을 걷고 있었다.

공진의 집으로 향하는 길은 승우가 한 번도 가 본 적 없는 방향이었다. 낯선 풍경에 한참이나 주변을 두리번거리며 걸었다. 학교에서 꽤 멀어진 것 같은데도 공진은 도통 걸음을 멈추지 않았다. 말없이 공진을 따라 걷던 승우가 결국 입을 열었다.

"야, 아직 멀었냐? 진짜 춥다."

"응. 한 15분은 더 가야 해."

승우는 걷고 싶다고 한 자기 말을 후회했다. 이렇게 오래 걷고 싶진 않았다. 바깥에 오래 있어서인지 코끝의 감각이 사라진 것 같았다.

"야, 이렇게 멀면 말을 했어야지!"

"그러니까 내가 버스 타고 가자고 했잖아."

공진의 말에 버럭 대꾸하려던 승우는 결국 작게 한숨을 쉬었다.

이제는 버스를 타기도 애매했다. 승우는 공진을 따라 잠자코 걸었다. 한번 대화의 물꼬가 트이자 말을 거는 게 그리 어색하지 않았다. 승우는 공진에게 궁금한 걸 묻기 시작했다.

"이렇게 먼 데서 학교 다니는 거야? 이 정도면 전학 가도 되는 거 아니야?"

빈말이 아니었다. 매일 등하교를 할 수 있는 거리로는 보이지 않았다. 승우는 이 근처에 중학교가 자기네 학교뿐인지를 떠올렸다.

"복지 선생님은 집에서 가까운 학교로 전학시켜 준다고 했는데, 내가 싫다고 했어."

"왜?"

승우는 정말 궁금했다.

'이렇게 멀리서 다닐 만큼 공진이 녀석이 우리 학교를 좋아할 이유가 있긴 할까?'

"그냥. 거기가 아는 애들도 많고……."

지금 중학교 아이들 대부분은 같은 초등학교 출신이다 보니 공진이 그렇게 생각할 만했다. 그러나 승우는 공진의 말을 완전히 이해할 수 없었다. 초등학생 때와 마찬가지로 공진은 반에서 왕따에 가까웠다. 대놓고 괴롭히지는 않지만 아이들은 공진을 사실상 없는 애 취급을 했다.

그뿐만 아니라 공진을 향한 소문은 초등학교 시절부터 현재까지도 끊이질 않고 떠돌았다. 승우가 처음 들은 소문은 '머리에 이가 있는 애'라는 것이었다.

2학년 때 학교에서 머릿니 관련 내용이 적힌 안내장을 받았다. 반 아이들은 안내장을 받자마자 모두 공진을 쳐다보거나 탓했다. 공진이 이를 옮기고 다닌다는 말을 승우도 그땐 믿었다. 승우는 그때부터 공진 곁에 다가가지 않았다. 머릿니가 옮겨 올까 무서웠다.

그 뒤로도 공진의 소문은 계속 승우의 귓가에 들려왔다. 3학년 때는 엄마 없는 애, 매일 똑같은 옷만 입는 애라는 소문이 들렸고, 4학년부터는 복지센터 다니는 애, 집에서 목욕도 못 하는 애라는 소문이, 5학년이 됐을 때는 공진을 향한 소문조차 뚝 끊겼다.

공진은 그냥 혼자 있는 애였다. 6학년이 되었을 때 공진은
교실 안에 있지만, 없는 아이가 됐다. 같이 조별 활동을 하게
되면 적당히 끼워 주고, 할 일만 대강 알려 주면 되는 애. 공진
은 그런 아이였다.

한참 동안 공진을 따라 묵묵히 걷던 승우는 한눈에 봐도 낡
은 아파트 안으로 들어왔다. 공진을 따라 탄 엘리베이터가 덜컹
거리자 승우가 바짝 긴장했다. 지금 당장 작동이 멈춘다 해도
이상하지 않을 만큼 엘리베이터의 내부는 오래되어 보였다. 덜
컹거리는 진동이 발끝으로 느껴질 때마다 승우는 주먹을 세게
쥐었다. 긴장한 티를 내지 않으려 승우는 잔뜩 표정을 굳혔다.

띵.

마지막 큰 진동과 함께 엘리베이터가 멈추고 문이 열리자마
자 승우가 도망치듯 황급히 뛰쳐나왔다. 승우를 다시 앞질러
걷던 공진은 복도 끝 문 앞에 다다르자 열쇠를 꺼내 문을 열었
다. 승우에게는 이 모든 것이 낯설기만 했다.

집 안에 들어서자 승우는 잔뜩 일그러지는 표정을 숨길 수
없었다. 자기도 모르게 입이 떡 벌어지고 말았다. 눈앞에 보이
는 집 전체가 딱 자기 방만 했기 때문이었다. 이렇게 형편없이
좁은 집을 실제로 본 것은 처음이었다.

현관문 바로 옆의 방문 하나는 굳게 닫혀 있었고, 또 다른 방에는 이 집에 어울리지 않는 이층 침대 하나가 덜렁 있었다. 침대는 문틀 밖으로까지 삐져나와 있었다. 안 그래도 좁은 집이 침대 때문에 더욱 발 디딜 틈이 없어 보였다.

공진은 침대의 아래층을 대강 정리하고는 승우를 쳐다보았다. 승우는 아직 현관에 서 있는 채였다.

"여기서 자."

어쩐지 좀 꺼림칙했지만, 승우에겐 딱히 별다른 대안이 없었다.

'지금이라도 집으로 돌아갈까?'

승우의 머릿속이 복잡했다. 신발을 벗고 공진의 방 안으로 들어오고 나니 실감이 났다. 이젠 되돌리기에 늦었다.

'뭐, 하룻밤이니까.'

승우는 아쉬운 대로 점퍼를 벗고 자리에 누워 보았다. 막상 눕고 보니 그런대로 편했다.

바깥에 오래 있던 탓에 온몸이 차가워진 승우는 발밑의 이불을 가슴께까지 끌어당겼다.

삐그덕.

침대 위층에서 공진이 몸을 움직이는 소리와 함께 휴대폰 소리가 들렸다. 아까 편의점에서 보던 유튜브를 마저 보는 것 같았다. 승우는 공진에게 무어라 말이라도 걸어 볼까 하다가 그만두었다.

'나 지금 가출한 건가.'

일부러 의도한 건 아니지만, 지금 승우는 낯선 집 침대에 누워 있었다. 상상도 못 한 일이었다.

하지만 승우는 어쩐지 묘한 쾌감을 느꼈다. 자기를 홀로 놔둔 엄마와 아빠한테 복수하는 기분이 들었다.

'속 좀 타 보라지.'

휴대폰도 가지고 나오지 않았다. 승우는 집을 비우고 사라진 자신을 찾으려면 엄마와 아빠가 잔뜩 애가 탈 거라고 생각했다. 이건 약속을 지키지 않은 대가였다.

할 일 없이 침대에 가만히 누워 있으니 자꾸 눈이 감겼다. 이러다가 정말 자칫 잠이 들지 몰랐다.

'진짜 잠들면 안 되는데……'

승우는 조금만 누워 있다 아침 전에는 집으로 돌아가야겠다고 생각했지만, 쏟아지는 잠이 승우의 정신을 몽롱하게 만들었다.

눈을 감은 승우의 손이 어느새 이불을 목까지 끌어당겼다.

승우는 그렇게 잠 속으로 빠져들었다.

#또 다른 늑대 이야기:
하나

드르륵.

의자를 끌어당기는 소리가 요란하게 났다. 편의점 안에 손님
은 자기뿐임에도 공진은 저도 모르게 주변을 두리번댔다. 점원
의 눈이 휴대폰에 쏠려 있는 것을 확인하고 나서야 공진은 작
게 안도의 숨을 뱉었다.

'그냥 집에 가서 먹을까?'

포장 비닐에 싸인 도시락을 내려다보며 잠시 고민하던 공진
은 이내 고개를 저었다. 공진은 오늘이 특별한 날이 아니라며
애써 마음을 달랬다.

오늘은 12월 25일, 크리스마스였다.

눈에 보이는 모든 것이 화려하게 빛났다. 하다못해 구독 중인 유튜브 영상마다 원치 않는 크리스마스 캐럴이 쉴 새 없이 흘러나왔다.

공진은 인상을 쓰며 크리스마스와 관련된 영상들을 빠르게 넘겼다. 크리스마스란 더 이상 공진과는 관계가 없는 날이었다. 공진은 벌써 열네 살이었다.

공진은 원래 크리스마스를 무척 좋아했었다. 크리스마스는 아빠가 공진을 위해 선물이랍시고 무언가를 사 주는, 몇 되지 않는 날 중 하나였기 때문이다. 학교에서도, 복지센터에서도 크리스마스 기념 파티가 열렸다.

크리스마스가 무슨 날인지 몰랐지만 매년 그 무렵에는 어딜 가나 노랫소리가 들리고, 맛있는 음식을 먹을 수 있었으며, 서로 선물과 카드를 주고받았다. 어린 공진에게 크리스마스란 온 세상에서 파티가 열리는 날이었다.

특히 그날은 마주치는 모두가 자신을 향해 웃어 주었기에, 공진은 크리스마스가 좋았다. 아무도 공진을 잊지 않았다. 어른들은 공진에게 선물을 주었고, 맛있는 걸 실컷 먹게 해 줬다.

방 안의 불을 끄고 트리에 조명을 켜며, 센터 선생님은 아이들에게 크리스마스 소원을 하나씩 빌라고 했다. 아이들은 모두 눈을 감고 손을 모아 기도했고, 공진도 그런 아이들을 따라 두 손을 포개고 눈을 감았다. 열 살 공진은 앞으로도 이런 행복이 계속되길 빌었다. 그날이 공진의 마지막 크리스마스였다.

공진이 열한 살이 되었을 때 공진의 아빠는 직장을 그만두었다. 공진은 어렸지만, 그것이 아빠가 더 이상 돈을 벌지 못하게 된다는 뜻이라는 것쯤은 알았다.

아빠와 둘이 지내면서 공진은 자기 집이 부자가 아니란 걸, 부자는커녕 오히려 가난하다는 걸 진작부터 알고 있었다. 아빠가 온종일 집에만 있는 날이 늘자, 공진은 조금 걱정되었다.

학교와 센터에서는 전보다 더 자주 공진을 불렀다. 무슨 후원, 무슨 연계……. 잘 모르는 말들을 써 가며 공진의 품에 이것저것을 안겨 주었다. 원하지도 않은 놀이 치료를 억지로라도 받아야 한다고도 했고, 방과 후엔 학교에 남아서 특별한 선생님과 무언가를 하기도 했다.

공진은 이게 다 아빠가 직장을 그만두어서, 집이 가난해서라고 생각했다. 공진은 그날 밤 아빠에게 진지하게 물었다.

"아빠, 우리 집에 돈이 있긴 해?"

아빠는 직장에서 받은 퇴직금이란 게 있어서 괜찮다며 공진을 달랬다. 아빠가 괜찮다고 하니 공진은 정말 그런 줄 알았다. 그 이후로도 아빠는 아주 오랜 기간을 하염없이 집에서만 지냈다.

언젠가부터 아빠는 방 안에서 컴퓨터 게임을 하기 시작했다. 밤을 새서 게임을 하다가, 가끔 아이템 거래를 한다며 나갔다 오기도 했다.

공진은 그런 아빠가 걱정되었다. 아빠에게 슬쩍 "언제 다시 일을 나가?" 하고 묻기도 했지만 아빠는 늘 공진에게 "그런 건 네가 신경 쓸 일이 아니야."라고 단칼에 잘라 말했다. 아빠의 날카로운 말투에 공진은 더 이상 아빠를 걱정하지 않기로 마음먹었다.

오히려 눈치 보지 않고 게임을 할 수 있어서 공진에게 좋은 점도 있었다. 그렇게 몇 달이 지났다.

어느 날 갑자기 아빠는 공진에게 내일부터는 일하러 나가야 한다고 말했다. 갑작스러운 아빠의 말에 공진이 그 이유를 묻자, 아빠는 이제 쓸 돈이 하나도 없기 때문이라 대답했다. 공진은 '드디어 아빠에게 다시 직장이 생기는구나.' 하고 생각했다.

아빠는 공사장으로 막일을 나갔다. 그러나 이것도 매일 일할 수 있는 건 아니었다. 왜소한 몸의 아빠는 온종일 인력대기소에 앉아 일거리를 기다리다 돌아오기 일쑤였다.

어쩌다 공사장에 다녀온 날이면 아빠는 아주 지친 모습으로 집에 들어왔다. 대신 아빠의 주머니엔 만 원짜리가 두둑하게 들어 있었다. 그날 저녁은 공진이 좋아하는 치킨이나 햄버거를 시켜 먹었다. 공진은 아빠가 매일 일을 하면 좋겠다고 생각했다.

아빠가 일을 다시 그만두고 방 안에 틀어박히기 시작한 건 공사장에서 다쳐 들어온 날부터였다. 그날 아빠는 발목까지 붕대를 감고 집에 돌아왔다.

실수로 튀어나온 못을 밟았다고 했다. 밑창이 다 떨어져 낡은 안전화는 작은 못 하나에도 아빠를 지켜 주지 못했다. 상처는 깊었다. 아빠는 일주일 넘게 방 안에 누워 일을 쉬었다.

시간은 계속 흘렀고, 그사이 상처는 아물었지만 아빠는 계속 방 안에서 나오지 않았다. 불 꺼진 방을 밝히는 모니터 앞에서 아빠의 어깨는 잔뜩 처져 보였다.

공진이 가끔 문을 열어 볼 때마다 아빠는 늘 모니터만 보고 앉아 있었다. 주로 게임을 하는 것 같았지만, 알 수 없는 화면이 띄워져 있을 때도 있었다. 아빠는 문을 닫고 나가라며 종종 공진을 향해 화를 내기도 했다. 공진은 그런 아빠가 낯설었다.

그렇게 아빠의 방문은 완전히 닫혔다.

시간은 계속 흐르고 어느덧 또다시 크리스마스를 맞았다.

공진이 맞는 열한 살의 크리스마스를 아빠는 까맣게 잊어버린 듯했다. 그날도 굳게 잠긴 방에서 나오지 않는 아빠를 공진은 문밖에서 온종일 기다렸다.

센터의 크리스마스 파티가 지금 막 시작했다는 걸 알았지만,

아빠를 혼자 두고 가고 싶진 않았다. 파티 같은 건 아무래도 좋으니, 그저 아빠와 함께 있고 싶었다.

그날 방문은 끝내 열리지 않았다. 자정이 가까워지고 결국 잠자리에 든 공진은 이불을 뒤집어쓴 채 혼자서 조금 울었다.

열두 살의 크리스마스도 크게 다르지 않았다. 그나마 곧잘 다니던 센터까지 그만둔 후라 공진은 온종일 혼자서 크리스마스를 맞이해야 했다. 거실에 앉아 포장해 온 햄버거를 혼자 먹으며 티비를 보던 공진은 문득 크리스마스 선물을 받지 못한다는 것이 무슨 의미인지 깨달았다.

그건 자신이 더 이상 어린이가 아니라는 말이었다.

열두 살. 이날 공진의 마음속에 '어린아이'란 말과 '이젠 어린아이가 아니다.'라는 말이 공존했다. 크리스마스는 그렇게 서서히 공진과 멀어졌다.

딸랑.

편의점 문이 열리는 소리에 공진이 고개를 들었다. 무의식적인 반응이었다. 들어오는 사람을 한 번 힐끗 쳐다본 공진의 눈이 조금 커졌다.

"어?"

같은 반 아이 김승우였다.

생각지도 못한 이의 등장에 공진은 조금 놀랐다. 승우를 굳이 아는 척까지 하고 싶진 않았다. 공진은 보고 있던 유튜브 영상으로 다시 시선을 돌렸다. 어차피 승우는 필요한 것만 사고 금방 이곳을 떠날 것이었다. 무엇보다 자신과 승우는 서로 아는 척을 할 만큼 친하지 않았다.

'……어?'

공진은 깜짝 놀랐다. 금방 나갈 거라고 생각한 승우가 앞자리에 앉았다. 일부러 휴대폰을 뚫어지게 쳐다보았다. 승우를 먼저 알아봤다는 티를 내고 싶지 않았다.

'고개를 들고 놀란 척 연기라도 해 볼까? 나갈 때까지 그냥 계속 모른 척해야 하나.'

공진의 머릿속이 복잡했다. 목이 타는 기분에 침을 꿀꺽 삼키던 공진은 그 소리마저 승우한테 들킬까 봐 조마조마했다.

'아, 씨. 모르겠다.'

얼마나 시간이 지났을까. 결국 참지 못하고 공진은 고개를 들었다.

승우가 공진을 바라보고 있었다. 공진은 승우가 자신을 쳐다보고 있을 줄은 예상하지 못해서인지 깜짝 놀란 듯 눈을 크게 떴다. 그리고 곧 애써 티 나지 않게 승우의 시선을 피하며 다시 휴대폰으로 얼굴을 돌렸다.

막상 얼굴을 마주 보고 나니 이제는 승우를 향한 질문들이 공진의 머릿속에서 하나, 둘 생겨났다.

다른 누구도 아닌 바로 김승우였다. 오늘 같은 날 이런 곳에 혼자 있는 장면이 절대 어울리지 않는 애. 반에서 가장 똑똑하고, 가장 잘난 애. 자신과는 다른 세계에서 사는 애.

제 앞자리에 앉아 쉽게 자리를 뜨지 않는 승우에게 공진은 지금 네가 왜 여기에 있는지를 무척 물어보고 싶었다.

"야, 너 혹시 나 하룻밤 재워 줄 수 있냐?"

하지만 질문은 공진이 아닌 승우의 입에서 튀어나왔다. 공진이 전혀 예상하지 못한 질문이었다. 공진은 승우의 얼굴을 보았다.

무언가에 쫓기는 것 같지는 않았다. 그렇다고 아주 슬퍼 보이는 것도 아니었다.

승우는 그저 약간…… 쓸쓸해 보였다.

공진의 머릿속이 하얗게 지워졌다. 무언가를 재고 따질 필요도 없이 그저 제멋대로 대답이 튀어나왔다.

"응."

공진은 더 이상 승우의 얼굴을 똑바로 바라볼 수 없었다.

승우의 표정은 마치 집 밖을 나서며 본 거울 속 자신의 표정과 똑같았다.

제3장
가출한 늑대

"헉!"

승우는 공진의 목소리에 놀라 눈을 떴다.

"야, 일어나. 학교 안 가냐?"

공진은 아직 침대 위층에 있었다. 승우가 조금 고민하다 대답했다.

"……몰라."

승우의 대답을 듣고도 공진은 별다른 말이 없었다.

얼마나 지났을까.

승우는 공진의 목소리를 듣고 또 한 번 잠에서 깼다. 언제 다시 잠이 든 것인지도 몰랐다. 공진은 이미 나갈 준비를 마친 후였다.

"야, 학교 안 가냐?"

점퍼를 입고 가방까지 멘 공진이 자신을 내려다보고 있자 승우는 어쩐지 더욱 학교에 가기 싫었다. 집을 나와 낯선 곳에서 잠까지 잔 마당에 학교에 가는 꼴이 우스워 보일 것 같았다.

"어. 안 가."

공진은 제 어깨를 한 번 으쓱거릴 뿐이었다. 그러고는 침대에 누워 있는 승우를 뒤로하고 현관에서 신발을 신기 시작했다. 승우는 그런 공진을 눈으로만 좇았다.

"야, 너 진짜 안 갈 거야?"

공진이 현관문을 열며 다시 한 번 승우를 향해 물었다. 승우는 공진에게 참 끈질긴 면이 있다고 생각했다.

"어, 그냥 너 혼자 가. 나도 알아서 집에 갈게. 그래도 되지?"

"그러시든가."

공진은 승우 쪽은 보지도 않은 채 대답하고는 그대로 집을 나갔다.

쾅, 닫히는 현관문 소리를 들으며 승우는 그대로 다시 눈을 감았다.

'가출에, 무단결석까지 하다니.'

평소의 자신이라면 절대 하지 못할 일이었다.

'역시 무엇이든 처음이 어렵지, 그다음부터는 쉽다고 했던가.'

낯설기만 한 공간에 누운 이 순간이 이상하게도 무척 편하게 느껴졌다.

깜빡 잠이 들었다가 다시 눈을 떴을 땐 이미 11시가 넘어 있었다.

'도대체 몇 시간을 잔 거지……'

승우는 목까지 덮은 이불을 발로 밀어 내리며 몸을 뒤척였다. 이대로 집에 들어가고 싶지 않았다. 스스로 떠나온 집을 다시 찾아갈 마음이 들기까지 시간이 더 필요했다.

침대 밖으로 나와 서성이다 눈앞에 보이는 컴퓨터를 켰다. 공진의 것 같았다.

의미 없는 클릭을 하며 인터넷 페이지를 넘나들던 승우는 결국 유튜브 주소를 입력했다. 요즘 애들 사이에서 유명한 게임 채널 영상을 검색해 재생했다. 정적만 가득한 집 안이 곧 시끄러운 소리로 가득 찼다. 승우는 유튜버의 설명이 웃긴지 이따금 키득거렸다.

철컥.

그때 방문이 열렸다.

승우는 깜짝 놀라 반사적으로 고개를 돌렸다. 부스스한 모습의 남자가 현관 옆 닫혀 있던 방에서 걸어 나왔다. 공진의 아버지였다.

어른에게 먼저 인사를 해야 한다고 생각했지만, 승우의 입이 좀처럼 떨어지지 않았다. 몸이 얼어 버린 것 같았다. 그사이 냉장고에서 꺼낸 물병을 입에 대고 들이켠 남자는 그제야 승우를 바라보았다.

"공진이 친구냐?"

승우는 대답도 못 한 채 고개만 끄덕거렸다.

"공진이는 학교 갔냐?"

"……네."

바짝 긴장한 목소리가 조금 떨렸다.

넌 왜 학교에 가지 않았느냐는, 당연한 질문조차 없었다. 마치 처음부터 승우라는 존재가 없었다는 듯 그는 화장실만 들어갔다 나와 곧장 방으로 다시 들어갔다.

그 모습을 보고 승우는 적지 않게 당황했다.

'어떡하지…….'

모니터에선 어느새 새로운 영상이 자동 재생되었다. 집 안은 빠르고 시끄러운 소리로 가득 찼지만, 지금 승우에게는 마치 세상의 모든 소리가 사라져 버린 것만 같았다.

"야, 너 가출했냐?"

학교에서 돌아온 공진은 게임에 몰두한 승우에게 왜 집에 가지 않았느냐는 질문 대신 가출했느냐고 물었다. 승우는 그렇다고 해야 할지, 아니라고 해야 할지 몰라 대답하지 못했다. 정신없이 움직이는 게임 속에서 승우의 캐릭터가 우두커니 멈춰 섰다.

공진은 승우에게 보고하듯 오늘 있었던 일을 주절주절 말하며 침대 위층으로 올라갔다.

"선생님이 아침부터 어제 너랑 연락한 애들 찾고 난리더라고. 너랑 친한 애들은 하나씩 다 불려서 밖으로 나갔다 왔어."

공진의 말에 승우의 머릿속에 교실 속 상황이 자연스레 그려졌다. 잔뜩 당황한 얼굴의 선생님부터 영문을 몰라 어리둥절한 아이들, 그리고 온종일 자신의 이름이 떠돌았을 교실의 분위기까지.

승우는 아무래도 좋았다. 엄마, 아빠의 반응이 궁금했지만 정작 그것까지는 알 수 없어 조금 아쉬웠다.

승우는 게임에서 로그아웃하고 컴퓨터를 껐다. 그러고는 위층에 벌러덩 누운 공진을 보고 말했다.

"근데 넌 왜 말 안 했어? 내가 너희 집에 있다고."

승우의 가출 소동은 사실 공진의 말 한마디면 끝이 날 수 있었다. 공진은 새삼 무슨 그런 질문을 하느냐는 표정으로 승우를 바라보았다.

"아무도 나한텐 안 물어보던데?"

너무나 당연하다는 듯 말하는 공진을 보고 승우는 살짝 당황했다. 하지만 곧 그 말을 이해할 수 있었다. 평소의 교실 분위기라면 충분히 그러고도 남았다. 공진과 승우는 그냥 같은 반, 그 이상도 이하도 아니었기 때문에 누구도 공진에게 승우 일을 묻지 않았다.

공진과 승우는 초등학교 2학년, 4학년, 6학년을 같은 교실에서 보냈다. 2학년이 되자마자 맞이한 3월, 공진은 아이들과 곧잘 어울려 놀았다. 그때 아이들은 지금처럼 잘사는 애, 못 사는 애 따위의 편견을 몰랐다.

아이들은 스스럼없이 공진에게 다가갔고, 공진의 학교생활은 다른 아이들과 다를 바 없었다. 다만 담임선생님이 공진에게만 옷을 자주 갈아입고 오라는 말을 했던 기억이 승우의 머릿속에 떠올랐다.

생각해 보면 당시 공진은 승우네 집에도 놀러 온 적이 있었다. 2학년이 된 지 얼마 지나지 않았을 무렵이었다. 마침 집에 있던 엄마는 친구들이 돌아가자 승우에게 더 이상 공진과 어울려 놀지 말라고 했다.

승우는 왜 그래야 하는지 물었지만, 엄마는 속 시원한 대답을 해 주지 않았다. 엄마가 그날 저녁 선생님과 통화를 하던 모습이 아직도 승우의 기억에 남아 있었다.

다음 날 엄마는 이젠 작아져서 입지 못하는 승우의 옷들을 종이봉투에 담아 승우의 손에 쥐어 줬다. 승우는 엄마가 시키는 대로 학교에 가자마자 선생님에게 종이봉투를 건넸다. 선생님은 종례가 끝나고 집에 가려던 공진을 불러 그 종이봉투를 주었다.

교실 밖에서 서성이던 승우는 그 모습을 보았다. 자신이 입던 옷이 공진에게 전해지는 걸 보았다. 승우는 기분이 이상했다. 보면 안 되는 장면을 보다 들킨 아이처럼 황급히 그 자리를 떠났다.

다음 날도, 또 그다음 날도 공진은 승우에게 같이 놀자고 말을 걸어 왔지만 승우는 공진과의 거리를 조금씩 늘려 나갔다.

그렇게 공진은 시간이 지날수록 아이들과 멀어졌다. 공진의 머릿니 소문이 다 퍼졌을 때에는 공진은 이미 외톨이가 된 후였다. 승우에게 공진의 존재가 지워진 것도 이즈음부터였다.

4학년이 되어 승우가 다시 공진과 같은 반이 되었을 때 분위기는 이전과 조금 달랐다. 공진은 다정하고 활발했으며, 배려심도 많았다. 아이들은 공진이 착하다는 걸 알았다. 하지만 공진에게 선뜻 친구의 자리를 내어 주는 아이는 많지 않았다.

남자애들 중 찬호와 재영만이 공진 곁을 지켰다. 하지만 그 애들마저 2학기가 돼서는 공진과 조금 거리를 두었다.

들리는 말로는 공진 때문에 찬호의 엄마가 크게 화를 냈다고 했다. 공진과 찬호, 재영이 온라인 게임 안에서 만난 게 화근이었다. 스피커와 마이크로 음성 대화를 주고받으며 하는 액션 게임이었는데, 공진의 욕설이 스피커를 타고 그대로 찬호의 방 안에 흘러나왔다. 거실에 있던 찬호의 엄마는 그 소리를 들었고, 그날 찬호는 공진과 어울려 놀지 말라는 엄마와 한참 동안 실랑이를 벌였다고 했다.

찬호의 엄마는 며칠 뒤 학교에 왔다. 6교시 수업이 끝나기 5분 전 복도 앞에서 서 있는 찬호 엄마를 보고 반 아이들이 웅성거렸다. 그날 찬호 엄마는 아이들이 교실을 빠져나가자마자 선생님과 상담시간을 가졌다.

반 아이들의 단톡방에서는 새 글이 쉬지 않고 올라왔다. 대부분 공진과 찬호의 이야기였다. 아이들은 찬호의 엄마가 학교에 온 것이 모두 공진 탓이라고 말하며 그간 들었던 공진의 소문을 사실인양 주고받았다.

그곳에는 더 이상 공진을 감싸주는 아이가 없었다.

승우는 침대 위층에 누워 있는 공진을 쳐다보며 그냥 웃고 말았다. 공진이 승우를 힐끔 바라보다가 입을 열었다.

"너 배 안 고프냐?"

그 순간 승우는 잊고 있던 허기가 갑자기 느껴졌다. 신기하게도 공진의 물음에 배 속이 꼬르륵거렸다. 승우는 공진을 보며 씩 웃었다.

"배고파. 엄청."

공진과 승우는 집 앞 편의점으로 향했다. 각각 삼각김밥과 컵라면을 고르고 계산을 하려는데 공진이 자연스럽게 승우의 것까지 계산하려 했다. 예상치 못한 상황에 승우는 차마 자신에게 돈이 있다고 말하지 못했다.

그사이 공진은 점원에게 건네받은 카드를 주머니에 넣고 승우에게 삼각김밥과 컵라면을 건넸다. 승우는 어정쩡한 손길로 공진이 건네는 걸 받았다.

컵라면에 뜨거운 물을 붓고 면이 익기를 기다리는 동안 전자레인지로 데운 삼각김밥의 포장지를 뜯었다. 한입에 김밥의 절반을 베어 문 공진이 입 안에 밥을 채 씹어 삼키지도 않고 말을 이었다.

"아빠한테 나중에 치킨 사 달라고 할게."

공진의 말에 승우는 손사래를 쳤다. 종일 방에만 틀어박혀 있는 아저씨한테 그만 한 돈이 있을 리 없었다. 대신 승우는 주머니 속에 있는 지폐를 만지작거렸다.

"너 피자 좋아해?"

승우는 얼마 전 친구들과 애기한 적 있는 신상 피자집을 떠올렸다. 승우가 여태 먹어 본 피자는 그동안 아줌마가 직접 만들어 준 것뿐이었다.

엄마는 유독 먹을거리에 예민했다. 그래서 승우가 먹는 음식은 되도록 아줌마의 손을 거치게 했다. 피자, 햄버거, 치킨을 마음껏 먹어 보았음에도 친구들이 먹는 것과 비교하면 맛이 전혀 달랐다.

승우는 지금이라면 한 번쯤 먹어 보고 싶던 '밖에서 파는 피자'를 시켜 먹을 수 있을 것 같았다.

"아니, 나 치즈 싫어해."

승우는 공진의 대답이 의아했다. 살면서 치즈를 싫어하는 사람은 처음이었다. 같은 반 아이 중에서도 치즈를 싫어하는 애들은 못 봤다. 주욱 늘어나는 치즈는 보기만 해도 꿀꺽 침이 넘어갔다.

'혹시 피자를 못 먹어 봤나.'

승우는 문득 떠올린 생각을 후딱 지워냈다. 컵라면에 삼각김밥을 이렇게 잘 먹는 애라면, 치킨이나 햄버거 같은 음식은 분명 자기보다 많이 먹었을 것이다.

승우는 알겠다고 말하며 돈을 만지작거리던 손을 주머니에서 빼고 젓가락을 집었다. 그러고는 컵라면 뚜껑을 젖혀 다 익은 면을 휘저었다.

후후 불어서 먹는 라면은 정말 맛있었다. 승우는 엄마 몰래 편의점에서 라면을 몇 번 사 먹은 적이 있었다. 그때는 딱히 맛있다고 생각하지 않았다. 하지만 지금 먹는 라면은 그때보다 훨씬 맛이 좋았다. 배가 고팠던 탓인지 승우는 국물도 남기지 않고 모조리 다 먹었다.

다시 집으로 돌아온 승우가 공진에게 좀 씻어도 되느냐고 물었다. 공진은 뭘 그런 걸 물어보냐는 듯 말없이 손가락으로 화장실을 가리켰다. 공진이 오기 전에 급하게 화장실만 슬쩍 사용했었지만, 어쩐지 씻는 건 집주인에게 물어봐야 할 것 같았다.

승우는 화장실로 들어가 문을 닫았다.

"아······."

막상 화장실로 들어왔지만, 문을 닫고 나자 터져 나오는 한숨은 어쩔 수 없었다.

'이런 곳에서 어떻게 씻는 거지?'

승우는 화장실에 우두커니 서서 벽면을 쓱 눈으로 훑었다. 변기 하나와 그 옆에 바짝 붙어 있는 세면대. 옆으로는 무릎 높이의 수도꼭지와 거기에 연결되어 있는 샤워기 하나가 다였다.

샤워기는 벽면에 고정이 안 되는지 타일 바닥에 덩그러니 놓여 있었다. 언제부터 있던 것인지 도통 알 수 없는 빈 샴푸통과 빈 린스 통들, 그리고 거뭇한 곰팡이가 피어 있는 타일 바닥이 승우의 눈살을 찌푸리게 만들었다.

공진은 문득 2학년 때 담임선생님이 공진을 학교 화장실로 데려갔던 일이 떠올랐다. 교실로 돌아온 공진의 머리는 잔뜩 젖어 있었다. 아이들은 선생님께 몰려가 왜 공진이 화장실에서 머리를 감았느냐고 물어보았지만, 선생님은 별다른 대답을 해주지 않았다. 공진은 그 뒤로도 종종 선생님 손에 이끌려 화장실에서 머리를 감고 오곤 했다.

승우는 예전에 공진이 잘 씻지 않고 다녔던 이유를 이제야 좀 알 것 같았다. 이런 화장실에선 샤워는커녕 머리조차 감기 불편했다.

소변을 보고 승우는 머리를 감아 볼 요량으로 윗도리를 벗었다. 차마 이런 화장실에서 샤워는 하고 싶지 않았다. 스스로 나름의 타협점을 찾은 것이었다. 벗은 옷을 둘 곳도 마땅치 않아서 문고리에 대충 걸었다.

승우는 수도꼭지 앞에 쪼그려 앉았다. 고작 사람 한 명 서 있는데도 화장실은 발 하나 디딜 곳 없이 꽉 찬 것 같았다.

"이렇게 하면 되려나."

샤워기를 틀고 엉거주춤한 자세로 허리를 숙였다. 집에서는 해바라기 샤워기에서 쏟아지는 물을 맞으며 머리를 감았다. 이렇게 허리를 숙여 가며 머리를 감는 건 난생처음이었다.

한 손은 샤워기를 들고, 한 손으로 머리카락에 물을 묻히려니 영 자세가 이상했다. 꽤 애를 먹은 후에야 승우는 가까스로 머리카락에 충분히 물을 묻힐 수 있었다. 고개를 푹 숙인 채 손을 더듬어 수도꼭지를 잠갔다. 그러고는 뒤돌아 빈 통들을 실눈을 떠서 훑어보았다.

"음."

대여섯 개의 빈 통 중에서 과연 어떤 게 지금 쓰는 샴푸 통일까. 승우는 하나씩 눌러 보려다가 세제 가루가 허옇게 굳어 입구에 달라붙은 통들을 발견하고는 고개를 저었다. 이곳에서 머리 감는 건 아무래도 무리였다.

'그냥 집에 가서 씻어야겠다.'

딱히 집에 갈 계획을 세운 건 아니지만, 머리 감는 일은 뒤로 미루었다. 샴푸 없이 물로 대충 머리를 헹구고는 겨우 일어나 변기 위 수납장에서 바짝 마른 수건 하나를 꺼내 물기를 닦았다.

'흠, 이 수건은 빨아서 넣어 둔 걸까?'

그러고 보니 공진의 집에는 세탁기가 보이지 않았다. 승우는 공진의 아빠가 빨래를 개는 모습을 상상했다.

"아, 아무래도 그건 이상해."

승우는 상상 속의 모습을 지워내기라도 하려는 듯 고개를 여러 차례 저었다.

승우가 화장실 밖으로 나왔다. 컴퓨터 앞에 앉아 게임 중인 공진이 보였다. 승우는 공진의 옆자리에 슬쩍 앉았다. 공진은 그런 승우에게 눈길조차 보내지 않은 채 게임에 잔뜩 집중하고 있었다.

혹시나 공진이 어떻게 씻었는지 묻지 않을까 고민하던 승우는 조금 안도했다. 승우는 이제 공진이 어떤 성격인지 알 것 같았다.

공진의 아빠나, 공진이나 필요한 질문조차 잘 하지 않았다. 그저 자신의 영역을 넘지 않으면 무엇이든 상관없다는 것 같았다. 승우는 아무것도 묻지 않는 공진이 차라리 고마웠다.

둘은 해가 지도록 게임을 했다. 승우는 처음 해 보는 게임이었는데 공진이 몇 번 하는 것을 보고 금방 배웠다. 둘이 같은 편이 되어 모르는 사람들과 맞붙기도 했다. 승우는 참 많이 웃었다.

어느새 창밖으로 어둠이 스며들어 왔다. 승우는 또다시 배가 고팠다. 공진은 딱히 밥 먹을 생각이 없어 보였다. 왠지 자기만 배가 고픈 것 같아 그냥 참아 보았다. 공진의 아빠는 여전히 방 안에서 감감무소식이었다.

승우는 평소에 공진과 공진의 아빠가 저녁을 거른다는 걸 알아차렸다.

그럴수록 승우의 배 속에서는 밥을 달라고 요란을 피웠다. 그래도 공진에게 원래 저녁을 안 먹느냐고 물을 수 없었다. 왠지 이 집의 익숙한 삶에 자신이 끼어들어 훼방을 놓는 것 같았다.

게임에 집중하며 배고픔 정도는 이겨낼 수 있었다. 그리고 공진과 노는 건 생각보다 훨씬 더 재미있었다.

제4장
늑대들, 물속으로 뛰어들다

7시부터 요란한 알람소리가 울렸다.

30분은 더 자고 준비해도 늦지 않을 것 같은데, 공진은 더 이상 잘 필요 없다는 듯 이불을 걷어찼다.

그러나 그게 다였다. 공진은 학교 갈 준비를 할 생각이 없어 보였다. 침대 위에서 한참을 뒤척이며 누워 있기만 했다. 휴대폰 만지는 소리만 희미한 소음으로 전해졌다. 게임이나 유튜브 영상을 찾아보는 것이겠거니 생각하며 승우는 다시 눈을 감았다.

공진은 8시가 다 되어서야 침대 위에서 내려왔다.

"너, 오늘도 학교 안 가냐?"

화장실에서 먼저 세수를 하고 나온 공진이 옷을 갈아입으며 승우에게 물었다. 멀뚱멀뚱 눈만 뜬 채 누워 있던 승우는 "어." 라고 대답하고는 몸을 돌려 누웠다. 그사이 점퍼까지 다 입은 공진은 별말 없이 가방을 들고 현관을 나섰다.

집 안엔 적막이 흘렀다. 이틀 밤을 지내고 나니 처음엔 좁고 불편하기만 했던 이 집이 편하게 느껴졌다.

'적응이 된 걸까?'

이 순간만큼은 이불 속에서 꼼짝도 하기 싫었다.

'오늘은 학교에 갈 걸 그랬나. 이렇게 쉽게 가출한 아이가 되어 버릴 줄이야.'

승우는 단지 엄마, 아빠한테 화가 나서 잠깐 집을 나왔을 뿐이라고 생각했다. 애초에 공진의 집에 오게 될 줄도 몰랐고, 이곳에서 이틀이나 머물게 될 줄은 정말 꿈에서조차 상상해 보지 못했다. 모든 선택은 그저 충동적이었다.

'엄마, 아빠는 이제 내 생각 좀 하려나?'

엄마, 아빠한테 승우는 언제나 뒷전이었다. 승우는 지금쯤 속이 타고 있을 엄마, 아빠의 얼굴이 상상되어 내심 기뻤다.

어쩐지 자신이 할 수 있는 최고의 복수를 한 것 같았다. 마치 사이다를 단숨에 들이켰을 때처럼 머리끝까지 곤두서는 이 짜릿한 느낌이 좋았다. 소화제를 먹은 듯 가슴을 답답하게 막고 있던 응어리가 천천히 승우의 배 속으로 내려갔다.

"그런데…… 이제는 어떡하지?"

승우는 딱히 집에 들어가고 싶은 마음이 없었다. 부모님에게 화가 나서라기보단, 그냥 여기가 편했다. 아무것도 신경 쓸 일이 없고, 눈치 볼 것도 없었다. 공진의 방 안에 있으면 정말 아무런 생각이 안 났다.

그냥 모든 것이 자유로웠다. 별로 한 것도 없는데, 몇 시간씩 훌쩍 지나 있었다. 고민도, 걱정도, 화도 없이 시간은 마냥 흘러갔다. 그래서인지 공진의 집에서는 무언가를 어떻게 해야겠다는 생각이 잘 떠오르지 않았다.

"아, 몰라. 어떻게든 되겠지."

자꾸만 이런저런 생각을 하다 보니 머릿속이 복잡했다. 승우는 지끈거리는 머리를 손으로 짚었다. 침대에 누워 생각 꼬리를 이어 나가던 걸 멈추고 가만히 눈을 감았다. 차라리 다시 잠을 자는 것이 훨씬 나을 것 같았다. 허기가 느껴졌지만, 이 정도는 참을 만했다.

눈을 감고 숨을 고르게 쉬자 머리를 꽉 채운 생각들이 서서히 흐려졌다. 승우는 점점 잠에 빠져들었다.

다시 눈을 떴을 땐 오전 10시가 막 넘어가고 있었다. 승우는 침대에서 일어나 곧장 컴퓨터 앞에 앉았다. 오늘도 심심하지 않을 것이다. 인터넷 속도가 너무 느려서 속이 터질 것 같다는 단점이 있긴 했지만 말이다.

11시가 되어 갈 무렵 아저씨 방에서 인기척이 났다. 승우는 바짝 긴장했다. 오늘은 정말 쫓겨날지 모른다는 생각이 들었다.

잠시 뒤 방문이 열리고, 아저씨가 나왔다. 승우는 컴퓨터 앞에서 얼음처럼 얼은 채 침을 꼴깍 삼켰다. 입이 마르고 목이 탔다.

아직 안 갔느냐며 혼이 날지도 모른다고 걱정한 것과 달리 아저씨는 승우 따윈 신경조차 쓰지 않았다. 마치 이 공간에 승우가 없는 것처럼.

아저씨는 싱크대 위 선반에서 냄비를 꺼내 물을 담아 끓였다. 라면을 끓이려는 것 같았다. 승우는 컴퓨터 앞에서 그대로 굳었다. 그렇다고 아저씨한테 대놓고 아는 척을 할 순 없었다. 그렇게 한참을 우두커니 앉아 있었다.

보글보글 끓는 물에 라면과 스프를 넣자 집 안에 맛있는 냄새가 금세 퍼졌다. 이미 아까부터 배가 고팠던 승우의 입에서는 저도 좀 주라는 말이 튀어나오기 직전이었다.

아저씨는 널브러진 공진의 옷자락을 발로 밀어 치워서 자리를 만들고는, 벽 한쪽에 접어 세워둔 작은 밥상 다리를 폈다. 다 끓은 라면을 밥상 가운데에 올린 뒤 밥그릇과 젓가락을 두

개씩 놓았다.

아저씨가 밥상 한쪽에 털썩 앉으며 말했다.

"뭘 보고만 있냐. 와서 앉지 않고."

승우는 깜짝 놀랐다. 아저씨의 목소리가 의외로 중후한 게 꽤 멋졌다. 머리카락이 좀 길긴 했지만 공진과도 많이 닮아 있었다. 떠올려 보면 공진도 씻고 꾸미면 꽤 잘생긴 편이었는데 아저씨도 그런 느낌이었다.

승우는 조금 망설이다 엉거주춤 일어나 아저씨의 반대편에 앉았다.

아저씨가 승우를 전혀 신경 쓰지 않고 자기 그릇에 라면을 덜어다 먹기 시작했다. 잠깐 당황한 승우는 눈치껏 젓가락을 들어 라면을 제 앞 그릇에 덜어다 먹었다.

집 안에는 한동안 후루룩, 소리만 들렸다. 그러다 한참 만에 정적을 깬 건 아저씨였다.

"공진이랑 같은 반이냐?"

승우는 씹고 있던 라면을 그대로 삼키며 "네." 하고 답했다. 한동안 또다시 정적이 흘렀다. 아저씨가 다시 둘 사이의 침묵을 깼다.

"공진이는 친구들이랑 잘 지내냐?"

이번에도 '네.'라고 말해야 하는데, 승우의 목구멍이 턱, 하고 닫혔다. 승우는 아무런 대답도 하지 못했다. 잠시 정적이 흘렀지만, 아저씨는 별로 개의치 않고 말을 이었다.

"공진이랑 잘 지내라."

"……네."

승우의 대답을 끝으로 아저씨는 빈 그릇과 냄비를 싱크대 위에 그대로 올려둔 채 방 안으로 들어가 버렸다.

뒤늦게 그릇을 비운 승우는 직접 설거지라도 할까 싶어 싱크대 앞을 기웃거렸지만 세제와 수세미를 찾을 수 없어 이내 포기했다.

잠도 충분히 잤고 배도 불렀다. 승우는 이제 좀 씻고 싶었다.

하지만 이 집은 너무 작은 데다 잡동사니도 많았는데, 화장실도 마찬가지였다. 승우는 도저히 그곳에서 샤워를 할 수 없었다. 화장실에서 대충 세수만 했을 뿐, 머리도 감지 못했다.

무엇보다 속옷을 갈아입고 싶었다. 승우는 평소에 속옷에 오줌 방울만 튀어도 새 팬티를 꺼내 입는 아이였다. 그런 승우가 벌써 이틀 넘게 같은 속옷을 입고 있었다. 승우는 몸에서 퀴퀴한 냄새가 나는 것 같아 찝찝했다.

승우는 씻고 싶다는 생각을 잊으려고 다른 관심거리를 찾아 공진의 방을 기웃댔다. 문득 침대와 벽 구석진 틈에 껴 있는 가방이 눈에 들어왔다. 승우도 본 적 있는 가방이었다.

4학년 때였다. 어느 날 공진과 같은 반의 여자아이가 새 가방을 메고 왔다. 공진처럼 그 여자아이도 학교 근처 복지센터에 다녔었다. 공진은 아무렇지 않아 했지만, 여자아이는 공진과 같은 가방을 메고 온 걸 부끄러워했다. 같은 브랜드라도 색이 다르다며 여자아이는 놀리는 아이들을 향해 손을 저으며 눈을 부라렸다.

반 아이들은 그 가방이 센터에서 후원 받아 나눠준 가방이라는 걸 알았다. 다른 반에도 그 가방을 메고 온 아이들이 있어서 소식은 빠르게 퍼졌고 승우도 그 얘기를 전해 들었다.

이제는 거뭇거뭇한 때가 잔뜩 탄 가방에서 승우는 한참이나 시선을 뗄 수 없었다. 승우는 공진이 요즘에 뭘 메고 다니는지 떠올려 봤지만, 도통 공진의 가방이 어떻게 생겼는지 생각나지 않았다.

발 디딜 틈 없이 작고, 온갖 것들이 너저분하게 널브러져 있는 집. 작은 방에 절대 어울리지 않는, 방문 밖까지 삐져나와 자리를 차지하고 있는 공진의 이층 침대. 언제 빨았는지 알 수 없는 빨래 더미들과 방구석에 굴러다니는 먼지 뭉치들.

여태 이런 것들에 한 번도 신경 써 보지 않은 자신조차 이 집은 정말 엉망이라고 생각했다. 승우는 답답한 듯 한숨을 크게 뱉었다.

공진이 들어오는 소리가 들렸다. 승우는 기다렸다는 듯 공진을 붙잡고 밖으로 나가자고 말했다.

"어딜?"

혹시나 공진의 기분이 상할까 봐 최대한 덤덤하고, 아무렇지 않은 말투로 대답했다.

"목욕탕. 나한테 땀 냄새 나는 것 같아. 제대로 좀 씻게."

공진은 승우의 말에 고개를 끄덕거리며 익숙한 몸짓으로 방 안에 널브러진 빨랫감을 주워 모았다. 커다란 비닐 봉투를 가져와 빨랫감을 잔뜩 담은 공진이 아무렇지 않게 앞장섰다.

승우는 공진을 따라 목욕탕으로 향했다. 공진은 목욕탕에 자주 와 본 것 같았다. 목욕탕 입구에서 공진이 계산하려는데 승우가 재빨리 끼어들어 자신의 목욕비 만큼의 돈을 들이밀었다. 공진은 그런 승우를 슬쩍 쳐다보았을 뿐 별말 하지 않았다.

사실 승우는 수영 학원의 탈의실과 샤워실을 이용해 본 적은 있지만 공중목욕탕은 처음이었다. 공진을 따라 익숙하게 옷을 벗고 사물함 안에 넣어 잠근 다음 키를 손목에 찼다. 챙겨 온 게 없어서 승우가 주춤거리자, 공진은 비치된 공용 샴푸와 린스를 가리켰다.

'샴푸 같은 걸 함께 쓴다니……'

승우는 지금의 경험이 꽤 낯설면서도 신기했다.

머리에 잔뜩 거품을 내고, 몸도 구석구석 닦아내고 나서야 승우는 몸에 눌러 붙은 땀과 냄새가 씻겨 내려가는 것 같아 개운했다.

그러는 동안 공진은 냉탕에 들어가 앉았다. 공진을 발견한 승우도 잠시 망설이다가 냉탕에 발을 천천히 담가 공진 옆으로 가서 앉았다. 얼어붙어 버릴 듯 차가운 냉기에 온몸이 바짝 긴장했다가, 시간이 지나니 참을 만해졌다.

얼마 후 공진은 온탕으로 자리를 옮겼다. 승우도 기다렸다는 듯 공진을 따라 온탕에 들어갔다. 어느새 둘은 탕 안에서 서로에게 물을 튕기며 장난을 치기 시작했다.

승우를 향해 물을 슬쩍 튕기며 공진이 말했다.

"근데 너 왜 나한테 재워 달랬냐?"

공진이 튕긴 물방울이 승우의 얼굴에 튀겼다. 승우는 입꼬리를 슬쩍 올리며 공진을 향해 좀 더 세게 물을 튕겨 보냈다.

"넌 엄마 없잖아."

승우는 아차 싶었다. 아무 생각 없이 튀어나온 말에 자신도 놀랐다. 황급히 공진을 향해 두 손을 저어가며 변명했다.

"야, 기분 나빴다면 미안. 난 그냥 엄마 있는 집에 가서 재워 달라 할 수 없으니까…….”

“뭐래. 나 기분 안 나빠. 엄마 없는 거 맞는데 뭘.”

공진은 정말 아무렇지 않게 말했다. 그래도 미안한 마음에 승우는 횡설수설 이야기를 이었다.

“어, 그럼 음……. 너 그럼 엄마 얼굴도 못 봤어?”

공진은 고개를 끄덕거렸다. 그러고선 목까지 몸을 물에 담그고는 “으아.” 하며 아저씨 같은 소리를 냈다.

“우리 엄마는 나 낳고 도망갔대. 자기 나라 갔다고 하던데?”

공진의 말은 놀랍다 못해 충격적이었다. 승우가 상상도 해 보지 않은 이야기였다.

‘그럼 공진이가 다문화 아이라는 건가?’

승우는 그제야 공진이 친구들보다 피부가 좀 검다는 걸 알아챘다. 왠지 공진의 얼굴이 좀 달라 보였다.

승우는 애써 놀란 표정을 지우며 무던하게 말했다.

“뭐야, 엄청난 이야기를 정말 아무렇지도 않게 말하네.”

승우의 말에 공진은 어깨를 으쓱거렸다.

“뭐, 사실이니까.”

두 사람 사이에선 한참의 정적이 흘렀다.

“야, 아무에게도 말 안 할게.”

공진은 승우를 빤히 쳐다보았다.

"왜, 뭐!"

도리어 마음이 불편해진 승우의 반응에 공진이 피식 웃었다.

"뭐, 맘대로."

● ● ●

공진이 목욕 후에는 바나나우유를 먹어야 한다고 말하자, 이번엔 승우가 바나나우유 두 개를 샀다.

목욕탕을 나오자 바깥 공기가 얼굴에 와 부딪혔다.

"와, 개운하다!"

목욕 후 먹는 바나나우유는 공진의 말대로 이상하게 더 맛있었다. 공진은 승우에게 따라오라며 멀지 않은 곳에 있는 코인 빨래방으로 향했다. 공진의 손에는 빨랫감이 든 커다란 비닐 봉투가 들려 있었다.

"원래 여기서 빨래해?"

"뭐, 가끔. 원래 빨래는 아빠가 해. 아빠가 까먹으면 내가 와서 하고."

공진은 익숙한 듯 세탁기 안에 빨랫감을 쏟아 넣었다. 그러고는 세탁기 문을 닫고 동전 몇 개를 연달아 넣은 뒤 버튼을 몇 번 눌렀다. 잠시 후 세탁기는 윙윙 소리를 내며 돌아가기 시작했다.

둘은 빙글빙글 돌아가는 빨래를 쳐다보며 의자에 털썩 앉았다. 왠지 모르겠지만 둘은 한참 동안 말이 없었다.

유리창 밖으로 지나가는 사람들이 간간이 보였다. 사람이 지나갈 때마다 함께 시선을 따라 움직였다가, 이내 곧 자신의 손끝과 발끝을 보며 시간을 보냈다.

"근데 있잖아, 너희 아빠가 너…… 때리기도 해?"

승우는 조심스레 물었다. 세탁기 안에 부딪히는 물소리가 요란했다.

공진은 승우를 물끄러미 쳐다보았다. 승우는 공진이 화를 내는 줄 알고 눈빛을 피했다. 공진은 다시 앞을 보며 혼잣말을 하듯 중얼댔다.

"……진짜 우리 아빠가 그렇게 보이나."

승우는 고개를 돌려 공진을 바라보았다.

"뭐라고?"

공진은 잠시 생각에 빠진 듯했지만 이내 다시 입을 열었다.

"아니, 네가 복지 선생님이랑 똑같은 말을 해서."

그제야 승우는 공진이 이런 질문을 받는 게 처음이 아니었다는 걸 알아챘다. 공진은 승우를 바라보며 다시 입을 열었다.

"우리 아빠 나 안 때려."

승우는 공진의 얼굴에 무어라 대답을 해야 할지 몰랐다. 무슨 말을 하면 좋을지 좀처럼 떠오르지 않았다.

"혹시라도 우리 아빠가 나를 때리게 된다고 해도 난 말 안해."

승우는 그제야 입을 열 수 있었다.

"왜? 때리면 말해야지. 그건……."

'가정폭력 아니야?'라고 말하려다 승우는 말을 멈췄다. 공진은 이미 승우가 하려다 만 말을 알아챈 것 같았다.

"그럼 나, 우리 아빠랑 같이 못 살아."

승우는 공진을 도통 이해할 수 없었다.

'우리 아빠가 공진의 아빠 같은 사람이었다면…….'

승우는 고개를 저었다. 매일 바쁘다며 함께 있어 주지도 않는 아빠도 썩 맘에 들진 않지만, 공진의 아빠보다는 훨씬 나았다.

공진의 말이 다시 이어졌다.

"어릴 때 우리 아빠랑 나랑 같이 못 살게 하려고 처음 보는 사람들이 와서 나를 다른 데로 데려간 적 있거든. 난 그때 결심했어. 아빠랑은 평생 안 헤어질 거라고."

탈수를 시작한 세탁기가 시끄러운 소리를 내며 진동했다. 승우는 저 소리가 지금 공진이의 마음속 소리일지 모른다고 생각했다.

탈탈거리는 소리는 당장이라도 부서질 듯 점차 커다랗게 울렸다. 세탁기가 요란하게 흔들리는 모습에 승우의 눈이 커졌다.

"야, 저거 고장 난 거 아니야?"

놀라서 묻는 승우의 말에 공진은 피식 웃었다.

"진짜 모르는 게 많다, 넌."

"야, 내가 뭘!"

"처음 하는 것도 많고."

'넌 세상을 잘 몰라.'라고 말하는 듯한 눈빛으로 공진은 승우를 바라보며 웃었다.

승우는 순간 그 모습이 든든한 형처럼 보였다. 마치 자신보다 몇 살은 더 많은 것 같은, 그래서 아는 것도 많고 세상도 훨씬 잘 알고 있는 그런 형처럼 말이다.

승우의 얼굴이 조금 빨개졌다.

제5장
늑대의 진심

공진은 집에 도착하자마자 방문을 열어 아저씨와 뭐라 대화를 나누더니 곧 방문을 다시 닫았다. 그러고는 승우를 향해 만원짜리 두 장을 펄럭이며 씨익 웃었다.

"치킨 시키자."

"지금? 내가 산다니까."

아무래도 승우는 며칠째 묵고 있는 자신이 치킨을 사야 할 것 같았다. 그러나 공진은 승우의 손을 뿌리치며 자기가 사 주고 싶다며 바득바득 우겼다. 그런 공진을 승우는 결국 이기지 못했다.

치킨 한 마리는 한창 크는 중인 남자아이 둘이 먹기에 부족했다. 배가 꽉 차지 않은 느낌에, 이번엔 승우가 공진을 집 밖으로 이끌었다.

승우는 치킨에 대한 보상이라도 하듯 편의점에 들어가 양손에 과자와 음료수를 잔뜩 들었다. 계산하고 보니 치킨 한 마리와 맞먹는 금액이었다.

승우는 점원에게 커다란 봉지를 받아 들고 나서야 조금이나마 미안한 마음이 가셨다.

"잠깐만 기다려 봐."

편의점을 나서려는데 공진이 승우를 멈춰 세웠다. 그러고는 안쪽으로 들어가 도시락 하나를 들고 계산대로 향했다. 공진이 주머니에서 카드를 꺼내 점원에게 내밀었다. 승우는 그 카드가 무엇인지 알 것 같았다. 공진은 주로 끼니를 때울 때 저 카드를 썼다.

계산을 끝내고 도시락을 챙기면서 공진은 묻지도 않은 말을 덧붙였다.

"아빠 주려고."

"아······."

둘 사이로 미묘한 어색함이 흘렀다. 승우는 무슨 말이라도 더 해야 할 것 같았다.

"그거 맛있냐?"

"너 설마 이것도 안 먹어 봤냐?"

공진이 진심으로 놀란 표정을 지었다. 승우는 괜히 이유 모를 부끄러움을 느꼈다.

'진짜 모르는 게 많다, 넌.'

승우의 머릿속에 빨래방에서 들었던 공진의 말이 떠올랐다.

"잠, 잠깐 기다려 봐."

공진이 무어라 말을 했지만, 승우는 어느새 뒤돌아 다시 편의점으로 뛰어가고 있었다.

잠시 후 편의점을 나온 승우의 손에는 비닐 봉투가 하나 들려 있었다. 승우는 장난기 가득한 어린아이처럼 웃었다.

"네 거랑 내 거. 나도 한번 먹어 볼래."

승우가 들어 보이는 봉투 안에는 도시락 두 개가 담겨 있었다.

"참나."

공진은 황당한 얼굴로 피식 웃었다.

집으로 돌아온 두 아이는 자정이 가까워질 때까지 함께 유튜브 영상을 보고, 게임을 했다.

딱히 대화라고 할 게 없어도 괜찮았다. 늘 혼자 하던 일을 누군가와 같이 하는 것만으로도 좋았다. 과자가 바닥을 보이고 나서야 공진은 자리에서 일어나 침대 위층으로 올라갔다.

승우는 여전히 게임 삼매경이었다. 공진이 하는 액션 게임을 몇 번 대신 하다 보니 푹 빠지고 말았다. 승우의 눈과 손이 정신없이 바빴다.

"근데 넌 왜 집 나왔냐?"

뜬금없는 공진의 질문에 승우는 모니터에서 눈을 떼지 않고 말했다.

"참 빨리도 물어본다."

공진은 승우의 대답을 듣고는 피식 웃었다.

"아, 죽었네."

게임 화면이 멈추고 나서야 승우는 마우스에서 손을 뗐다. 그리고는 공진 쪽으로 몸을 돌려 앉았다. 공진은 엎드려 누워 승우를 내려다보고 있었다.

"너 게임 진짜 못한다."

"죽을래?"

공진의 코앞에 주먹을 내보이면서 승우는 문득 공진과 굉장히 친한 친구가 된 것 같다고 생각했다. 공진과 이런 장난을 주고받을 줄은 꿈에도 몰랐다.

한편으로 승우는 공진에게 어떤 대답을 해야 할지 막막했다. 승우가 뜸을 들이자 가만히 보고 있던 공진이 다시 입을 열었다.

"뭐, 말하기 싫으면 말 안 해도 돼."

"아냐, 그냥 무슨 말부터 해야 할지 모르겠어서."

공진은 승우의 이야기를 잠자코 들어 주었다.

"그냥, 화가 나서 그랬던 것 같아. 서운한 건가? 아니면 실망? 그런 거?"

한번 입을 열자 이야기는 터진 둑처럼 거세게 쏟아져 나왔다. 그동안 누구에게도 꺼내지 못한 속마음이었다. 승우는 그렇게 공진에게 자신을 터놓았다.

"너도 알지? 우리 아빠 되게 유명한 거. 티비에도 나오고. 그만큼은 아니지만 사실 엄마도 아빠만큼 바쁜 사람이거든."

"응."

"용돈도 많이 주고, 내 또래 사이에 유행하는 건 다 사 주고. 완전 최고의 부모님이지."

"……."

"근데 그건 남들한테 그렇게 보이는 거고. 나한테는 아니야. 완전 최악의 부모님이지. 그나마 엄마는 나한테 얼굴이라도 보여 주는데, 아빠는 얼굴 보기도 힘들어. 생각해 보니 아빠랑은 대화해 본 적이 언제인지도 모르겠다. 아무튼 매일 바빠, 둘 다."

"흐음……."

"사실 가출을…… 할 생각은 아니었어. 또 약속이 취소되고 집에 혼자 멍하게 있는데 그날따라 진짜 혼자 못 있겠더라. 그래서 편의점이나 가려고 나온 거야. 그냥. 그게 이렇게 될 줄은 꿈에도 생각 못 했지만."

한 번 터진 속내를 정신없이 쏟아내느라 승우는 문득 자신의 이야기가 공진에게 어떻게 다가갈지 걱정이 됐다.

'침대 위에 엎드려 누워 내 이야기를 들어 주는 저 아이. 나랑 전혀 다른 세상에 사는 공진이……'

"미안."

"뭐가?"

"내 얘기. 좀 재수 없지?"

"뭐래."

"남들이 보기엔 그럴 것 같아서. 용돈도 많이 줘, 필요한 것도 알아서 다 사 줘, 부족한 것 없이 다 해 주는 부모님한테 투정 부리는 애로 보일 거 아니야."

"뭐, 딱히. 너도 나름대로 힘들겠구나, 하는 생각?"

"……"

"그래도 좀 신기하긴 하다."

승우가 공진을 향해 고개를 들며 물었다.

"뭐가 신기한데?"

공진은 가만히 천장을 바라보며 말을 이었다.

"너 같은 애는 고민 같은 거 없는 줄 알았는데."

'나 같은 애?'

승우의 머릿속에 공진의 말이 깊숙하게 박혔다.

"결국 사는 건 다 똑같구나."

공진의 말은 승우에겐 조금 충격이었다.

'남들에게 나라는 아이의 삶은 어떻게 보이는 걸까?'

"뭐, 보이는 게…… 다는 아니니까."

승우는 목이 조금 메는 듯했다.

애써 티 나지 않게 떨리는 목소리를 숨기며 승우는 침대로 자리를 옮겨 누웠다.

또 다른 늑대 이야기:
둘

연일 교실에선 승우의 이야기가 끊이지 않았다. '실종'이란 단어가 아이들의 입에 오르내렸다. '경찰'이란 말도, '위험하다'는 말도 종종 들렸다.

교실 한구석에 잠자코 있던 공진은 귀를 쫑긋 세우며 아이들이 흘리거나 뱉어낸 말들을 조용히 주워 담았다.

승우는 실종이니 뭐니, 하는 무서운 말과는 전혀 상관없었다. 반 아이들이 떠벌리는 온갖 상상 속 이야기를 몰래 엿듣던 공진은 피식 웃음이 터졌다. 불과 어젯밤까지만 해도 승우는 자신과 함께 자정이 넘도록 게임을 하다 제 침대에서 잠이 들었다.

모두가 찾고 있는 열쇠를 손에 쥔, 절대자가 된 것 같은 기분에 공진은 약간의 짜릿함을 느꼈다.

한편으로는 모두의 앞에 나서서 직접 사실을 말하고 싶은 충동이 들기도 했다. 하지만 공진은 늘 그랬던 것처럼 입을 다문 채 가만히 자리를 지켰다.

쉬는 시간이 되자마자 담임선생님은 기다렸다는 듯, 한 아이의 이름을 부르며 교실 밖으로 나오라고 손짓했다. 벌써 며칠째 이어지는 면담이었다.

선생님은 이제 면담을 숨기려는 의지도 없어 보였다. 그동안 쉬쉬하며 아이들에게 말을 아끼던 선생님도, 승우의 결석이 길어지자 초조해 보였다.

승우가 처음 학교에 오지 않았던 날, 공진은 어쩌면 자기도 다른 아이들처럼 선생님한테 불려 나갈지 몰라 조금 긴장했다. 그렇게 승우가 사라진 지 하루가 지나고, 이틀이 지났다. 그동안 교실에 있던 아이 대다수가 선생님의 부름을 받았다.

하지만 공진은 아니었다. 며칠 동안 공진을 감싸고 있던 긴장감은 어느새 시들하게 가라앉았다. 공진은 복도 창밖으로 보이는 담임선생님을 힐끔 쳐다보다, 이내 보고 있던 책으로 다시 시선을 돌렸다.

"공진아. 수업 끝나고 잠깐 선생님 좀 보자."

7교시 수업이 끝나갈 무렵이었다.

급하게 울리는 전화를 한 통 받은 선생님이 공진을 불렀다. 갑작스러운 상황에 놀랐지만, 공진은 애써 아무렇지 않은 표정으로 고개를 끄덕였다.

"뭐야, 쟤를 왜 불러?"

"몰라. 따로 남아서 공부하는 건가? 6학년 때도 공진이 학교에 남아서 공부했잖아."

"승우랑 관련된 일 아니고?"

"공진이가 승우랑 무슨 상관이 있어. 둘이 친하지도 않은데."

"하긴."

잠자코 앉아 있어도 아이들의 말소리는 공진의 귀로 자연스레 흘러 들어왔다. 공진도 궁금했다.

선생님이 자신을 부른 이유는 무엇일까. 승우 때문일까, 아니면 정말 자기 때문일까.

어찌 됐건 공진은 두 가지 이유 모두 마음에 들지 않았다.

종례 인사 후 아이들이 교실을 빠져나가자, 선생님은 공진에게 자신을 따라오라며 손짓했다. 급한 발걸음으로 먼저 나서는 선생님의 뒤를 공진은 묵묵히 따라 걸었다.

선생님이 공진을 아무도 쓰지 않는 외딴 교실 앞까지 데려갔다. 교실 문을 열고 안으로 들어가자 기다렸다는 듯 건장한 사내 두 명이 반겼다.

"이 아이인가요?"

"네, 얘가 공진이에요. 그런데 형사님, 공진이는 딱히 승우와……."

'형사'라는 말에 공진의 눈이 커졌다. 난처한 표정으로 형사와 공진을 번갈아 보던 선생님은 결국 한숨을 푹 내쉬며 공진에게 의자에 앉으라고 손짓했다. 공진은 엉거주춤한 자세로 앞에 놓인 의자에 앉았다.

공진은 조금 무서웠다. 영화에서 본 무서운 형사의 취조 장면이 공진의 머릿속을 스쳐 지나갔다. 공진의 손끝이 조금 떨렸다.

"너도 알다시피 너희 반 김승우가 며칠째 실종 상태야. 그런데 어제 한국 초등학교 앞 편의점 씨씨티비 영상에서 승우 모습이 발견되었거든. 그런데 그 영상에 너도 있더구나."

"네? 공진이가요?"

형사의 말에 놀란 건 공진이 아닌 담임이었다. 공진은 잠자코 형사의 말을 듣기만 했다.

"공진아, 크리스마스 날 밤 7시 즈음 한국 초등학교 앞 편의점에 갔었니?"

공진은 아무 대답 없이 숙이고 있던 고개를 들고 슬쩍 형사를 쳐다보았다. 형사는 뚫어지는 눈빛으로 공진을 쳐다보았다. 그의 차갑고 서늘한 시선에 결국 공진은 슬쩍 시선을 피했다.

형사가 다시 공진을 향해 물었다.

"한 20분쯤 지나 승우가 그 편의점에 들어갔고. 네 자리 앞에 앉더구나. 둘이 미리 만나기로 한 거였니?"

"……아니요."

"약속한 게 아니야?"

"네."

공진의 대답에 두 형사는 기가 찬 듯한 웃음을 터트렸다. 공진은 그들의 반응이 퍽 마음에 들지 않았다. 이미 모든 것을 다 알고 온 것처럼 흉내 내고 있을 뿐, 그들은 정작 아무것도 모르고 있었다. 어떻게든 자신에게 승우의 이야기를 캐내려는 속셈이 뻔히 다 보였다.

"그럼 둘이 무슨 이야기를 했는지 말해 줄 수 있니?"

공진의 마음속에선 꾹 참고 있던 말들이 쏟아져 나왔다.

그날 승우의 표정이 꼭 자기를 보는 것 같았다고, 외로워 보였다고, 그래서 우리 집에 가자고 했다고, 그리고 승우는 아직도 집에 가고 싶지 않은 것 같다고…….

하지만 그 어떤 말들도 공진은 차마 입 밖으로 꺼낼 수가 없었다.

이미 다 알고 왔으니, 빨리 털어놓으라며 협박하는 듯한 형사들과 왜 다른 아이도 아닌 네가 여기에 있는 거냐며 의아한 듯 쳐다보는 담임선생님의 표정을 보고, 천천히 세 사람을 응시하던 공진은 결국 입을 다물기로 했다.

"…… 별 이야기 안 했어요. 그냥 걔가 먼저 아는 척해서 저도 인사만 한 거예요."

"인사?"

"네. 저 걔랑 하나도 안 친해요. 그래도 그 정도는 할 수 있잖아요. 크리스마스였으니까."

"하, 진짜. 미치겠네. 그럼 이건 뭐냐. 너희 둘 같이 밖에 나가잖아."

형사는 공진에게 휴대폰을 내밀어 짧은 영상을 보여 주었다. 편의점 씨씨티비에 공진과 승우가 찍혀 있었다.

"그냥 저는 집에 간 거고, 걔는 몰라요. 알아서 어디 갔겠죠."

"어디 간다는 말을 들은 건 없고?"

"네."

"진짜?"

"네. 안 친하다니까요."

형사들은 무언가 큰 기대라도 했던 모양인지 허탈한 듯 한숨만 푹 내쉬었다. 담임선생님은 기다렸다는 듯 공진을 향해 질문을 쏟아냈다.

"너 왜 승우 만났다는 이야기를 선생님한테 안 했어?"

"……선생님은 저한텐 안 물어봤잖아요."

"뭐? 공진아, 그런 말은 당연히 했어야지. 지금 며칠째 승우가……."

"제가 왜요? 선생님도 당연히 제가 모를 거라고 생각했잖아요. 아니에요?"

공진의 말에 선생님은 매우 당황한 모양이었다.

"공진아, 너 진짜……."

"그리고 저 진짜 뭐 아는 거 없어요. 그날 걔가 먼저 인사하길래 저도 그냥 인사만 한 게 다예요. 저 이제 가도 되죠?"

공진은 일어나 세 사람에게 꾸벅 고개를 숙이고 교실을 나왔다.

그러고는 탁, 소리가 나게 문을 닫고 교실을 빠져나와 묵묵히 앞을 보며 걸었다. 복도를 다 빠져나오고 나서야 긴장이 풀린 듯 한숨을 크게 뱉었다.

"그냥 사실대로 말할 걸 그랬나."

자리에 멈추어 서서 고민하던 공진은 결국 고개를 저었다. 어차피 말해 봤자, 누구도 승우의 마음은 몰라 줄 게 분명했다.

공진은 승우가 스스로 집으로 돌아갈 마음이 생길 때까지 기다려 주기로 했다.

"그리고 뭐 같이 있으면 심심하진 않으니까."

공진은 작게 혼잣말을 중얼거렸다.

제6장
뜻밖의 여행

그날 밤도 아이들의 일상은 같았다. 과자로 대강 끼니를 때우고 함께 게임을 했다.

"야."

몇 시간이나 게임을 하다가 침대 위층에 올라간 공진이 갑자기 승우를 불렀다. 게임에 몰두한 승우는 고개도 돌리지 않고 대답했다.

"왜."

"너 이거 타 봤어?"

"그게 뭔데?"

"무서운 거."

"무서운 거?"

공진의 물음에 대답하면서도 모니터에서 시선을 떼지 않던 승우는 그제야 뒤를 돌아보았다. 공진이 침대 위층에서 손을 뻗어 휴대폰을 내밀었다. 휴대폰 속 영상에선 놀이기구를 탄 사람들의 고함과 함성이 뒤섞인 채 흘러나왔다.

"······바이킹?"

"일반 바이킹이랑 달라. 90도 넘게 올라간다더라. 진짜 무섭대."

"아······."

승우는 공진의 설명이 흥미로웠는지 영상을 다시 보았다. 그러자 공진이 침대 아래로 내려와 승우 앞에 앉았다. 승우가 공진의 물음에 뒤늦은 답을 했다.

"근데 나 바이킹 타 본 적 없어. 놀이동산 자체를 가 본 적이 없거든."

"뭐? 와······. 넌 당연히 타 봤을 줄 알았는데."

공진은 승우의 말을 듣고 놀란 것 같았다. 어쩐지 실망한 듯한 공진의 목소리에 황당한 건 오히려 승우였다.

"왜 내가 당연히 타 봤을 거라고 생각하는데?"

"그냥 넌 집도 잘살고. 없는 것도 없고 하니까."

대수롭지 않게 어깨를 한번 들썩이며 하는 공진의 말에 승우는 묘하게 기분이 상했다. 마치 당연히 해 봤음직한 일조차 아직 해 보지 않았느냐는 질책을 받은 기분이 들었다.

괜히 오기가 생긴 승우는 들고 있던 휴대폰을 공진에게 건네며 말했다.

"가자."

"응? 어딜?"

"그 바이킹. 우리도 타러 가자고."

승우의 말에 공진의 눈이 점차 커졌다. 기쁨과 기대가 뒤섞인 공진의 눈빛이 반짝거렸다.

뜬금없게도 승우는 그 순간 공진의 눈이 꼭 송아지 눈을 닮았다고 생각했다.

"야, 진짜 이렇게 가는 게 맞아?"

"응."

"아, 진짜. 이게 무슨 개고생이냐. 그냥 집에나 있을걸."

"그래도 이번이 마지막이야."

벌써 세 번째 버스에 올라타며 승우는 진절머리가 난다는 듯 고개를 절레절레 저었다. 한숨을 내쉬다 창밖으로 고개를 돌려 버리는 승우와 달리 공진은 휴대폰 화면과 버스 노선도를 번갈아 쳐다보기 바빴다.

승우를 향해 걱정 말라며 확신에 찬 목소리로 말을 했지만, 공진 역시 내심 불안하긴 마찬가지였다.

둘의 목적지는 인터넷 지도상으로는 공진의 집에서 한 시간 삼십 분 정도 걸리는 곳이었다. 그러나 벌써 두 시간이 지나도록 바깥을 헤매는 중이었다.

호기롭게 들어간 지하철역에서 공진과 승우는 탑승권조차 제대로 사지 못하고 우왕좌왕하다 결국 밖으로 나왔다.

그나마 버스를 많이 타 본 공진이 버스를 몇 번 환승해 가는 방법을 찾아냈고, 긴 여행은 그렇게 시작되었다. 버스 안의 노선도에서 목적지를 찾아낸 공진이 그제야 안도의 한숨을 쉬며 휴대폰을 주머니에 넣었다.

"근데 담임은 네 번호 몰라?"

"내 번호? 아마 모를걸. 왜?"

"오늘은 너까지 학교 빠졌잖아. 담임이 너희 아빠한테 전화하려나."

"괜찮아. 우리 아빠한테 전화해도 뭐…….”

공진이 얼버무리며 흐린 말들은 어쩐지 승우에게 '아무려면 어떻겠느냐며, 그냥 괜찮다.'라는 소리로 들렸다.

승우는 담임선생님의 전화를 받을 공진의 아빠를 떠올렸다. 어쩌면 그는 전화조차 받지 않을지 모른다. 아니면 공진이 아프다며 둘러댈 수도 있다.

피식, 웃음을 터트리는 승우를 공진이 의아하게 바라보았다.

"야, 그래서 얼마나 더 가냐?"

"음…… 다섯, 아니 네 정거장."

"그래? 거의 다 왔네. 야, 내려서 뭐 좀 사 먹자. 배고파 죽겠다."

승우의 말에 공진은 자신의 배를 슬쩍 바라보았다. 괜찮았던 배 속에서 갑자기 허기가 몰아쳤다. 공진은 고개를 끄덕거렸다.

○ ○ ◑

"흐아, 이제 좀 살겠다."

뜨거운 면발을 후후 불며 한입 가득 머금은 후, 국물까지 두어 모금 들이켠 승우가 내뱉는 소리에 공진이 피식, 하고 웃어 버렸다.

입과 손은 쉬지 않으면서 승우는 바깥이 궁금한지 창밖을 힐끔댔다. 바로 코앞에 있는 놀이기구에 공진 역시 설레긴 마찬가지였다.

먼 여행길의 종착지는 바닷가가 보이는 놀이공원이었다. 아이들의 입가엔 연신 미소가 지어졌다.

승우와 공진은 컵라면 하나로 배를 채우고는 서둘러 편의점 밖으로 나갔다. 휴대폰을 볼 때 되게 작아 보였던 놀이기구가 실제로 보니 훨씬 거대해 보였다.

어마어마한 몸집으로 공기를 가르며 움직이는 육중한 기계의 움직임에 공진과 승우의 시선이 떨어질 줄 몰랐다.

멍하게 바라만 보던 놀이기구의 두 번째 운행이 끝나자 승우는 작정이라도 한 듯 공진의 팔을 잡아 매표소 앞으로 걸어갔다.

"와, 한 번 타는 데 육천오백 원? 엄청 비싸네."

세 번째 운행을 시작하는 놀이기구를 쳐다보며 몇 번을 탈까 고민한 승우가 티켓 가격을 듣고 놀란 공진을 힐끔 보았다.

공진은 돈이 없었다. 그러나 승우는 돈이 많았다.

"아……. 내가 무슨 어른도 아닌데 대인이야, 대인은. 사기꾼들."

공진은 매표소에 적힌 티켓 가격을 다시 자세히 보면서 혼자 끊임없이 구시렁댔다.

반면 승우는 사실 소인이 아닌 대인용 티켓을 구입해야 한다는 사실이 꽤 마음에 들었다.

어른과 같은 가격을 내고 무언가를 이용한다는 것이, 마치 '너희는 이제 더 이상 어른에게 보호 받을 약자가 아니다.'라는 뜻 같았다.

승우는 공진을 그대로 두고 혼자 매표소로 걸어갔다. 공진은 그런 승우를 우두커니 쳐다만 보았다. 승우가 주머니에서 가진 돈을 전부 꺼냈다.

"바이킹, 대인으로 열 장 주세요."

"열 장이요?"

매표소 안의 직원이 승우를 힐끔 한번 보고는 잠자코 티켓 열 장을 건넸다. 승우는 티켓을 한 뭉텅이 받아 들고 전쟁에서 승리한 장군이라도 되는 것마냥 공진을 향해 으스대며 걸어 왔다.

"자."

"이게 뭐야?"

"티켓. 나 다섯, 너 다섯."

"다섯? 야, 나 돈……."

"됐어. 나 돈 자랑 하는 거 아니야. 고생해서 여기까지 왔으니까 최대한 많이 놀자. 알았지? 야, 뭐해. 빨리 타러 가게. 어?"

공진이 무어라 대꾸할 새도 없이 승우는 바이킹을 향해 먼저 달려 나갔다. 빨리 오라며 손짓하는 승우를 보며 공진은 제

손에 쥐어진 다섯 장의 티켓을 보았다.

"삼만이천오백 원……."

공진에겐 갚을 수 없는 돈이었다. 고작 종이 다섯 장이 주는
부담이 돌덩이처럼 크고 무겁게 느껴졌다.

"야, 빨리 와. 안 탈 거야?"

이미 바이킹에 오르기 직전인 승우가 공진을 향해 외쳤다.
그러자 공진은 결심한 듯 승우를 향해 황급히 달렸다. 운행 직
원은 공진이 승우의 옆자리에 앉아 안전띠를 찬 모습을 보고
서야 탑승구의 문을 닫았다.

승우가 공진의 팔뚝을 제 팔로 툭 쳤다.

"떨린다. 그치?"

"어."

"아, 씨. 나 이런 거 처음 타 보는데. 무서우면 어떡하지?"

"뭘 어떡해. 무서우면 무서운 거지."

공진은 안절부절못하며 말이 많아진 승우를 보며 피식 웃었
다. 하지만 곧 공진은 허리춤으로 내려와 있는 안전바를 자기
도 모르게 두 손으로 꼭 잡았다. 발가락에 바짝 힘을 준 채 긴
장해 있긴 승우도 마찬가지였다.

"자, 안전바 다시 확인해 주시고요……."

직원의 안내가 채 끝나기도 전에 덜컹하고 큰 소리를 내며

움직이려 하는 바이킹 탓에 승우와 공진은 동시에 헉, 하는 소리를 냈다.

바이킹이 하늘을 향해 높이 날아오르기 시작했다. 몇 번이고.

● ◐ ●

"야, 나 더는 못 타. 토할 것 같아."

"뭐, 벌써? 야 아직 한 장 더 남았잖아. 한 번 더 타게."

"야, 너 타. 나 진짜 못 타. 진짜 토할 것 같아."

"아, 진짜. 약해 빠져 가지고. 나 그럼 혼자 탄다?"

네 번째 운행을 마친 바이킹에서 기어 나오다시피 한 공진은 벤치를 찾아 드러누웠다.

첫 번째 탑승부터 얼굴이 새파랗게 질린 공진은 승우의 성화에 못 이겨 세 번이나 더 바이킹에 올랐다. 세 번째부터는 더 이상 못 타겠다며 손사래를 쳤지만, 잔뜩 눈빛이 반짝거리는 승우에게 그런 공진의 모습은 보이지 않는 듯했다.

정말 속이 울렁거리는지 인상을 쓰며 벤치에 드러누운 공진을 두고 승우는 바이킹 제일 끝자리를 향해 냅다 뛰었다.

승우는 그렇게 남은 티켓을 모두 쓰고도 모자라 공진의 남은 티켓까지 가져가 쓰고서야 만족했다.

"질리지도 않냐."

"전혀. 완전 재밌기만 한데? 너야말로 그것밖에 못 타냐."

"그런 소리 마. 지금도 울렁거려서 죽겠어."

"쯧, 너 그럼 다른 것도 안 탈 거야?"

"다른 것도 타게?"

"응, 이왕 여기까지 왔는데 타고 싶은 건 다 타 봐야지."

승우의 말에 공진은 고개를 절레절레 저었다.

"난 못 타."

그러고는 벤치에 다시 벌러덩 누워 버렸다.

승우는 남은 돈을 탈탈 털어 다른 놀이기구 티켓 세 장을 샀다. 네 장을 사고 싶었지만 그러기엔 돈이 부족했다. 이제 승우에게 남은 것은 천 원짜리 몇 장과 동전 몇 개뿐이었다.

얼마 남지 않은 돈을 보고 있자니, 승우는 난생처음 돈이 없어 초조하고 불안하다는 느낌이 뭔지 알 것 같았다. 당장 저녁을 어떻게 먹을지가 걱정이었다. 아무래도 오늘 저녁도 편의점에서 컵라면을 먹어야 할 것 같았다.

"야, 오공진. 우리 저거 타러 가자."

"디스코팡팡? 오. 나도 유튜브에서 몇 번 봤어. 아저씨가 되게 웃기던데."

"넌 안 타?"

"난 너 타는 것 좀 보고."

"참 나. 그럼 나 먼저 탄다?"

이 놀이공원에서 바이킹만큼 유명하다는 디스코팡팡을 향해 승우는 큰 도전이라도 하듯 비장하게 걸어갔다. 잔뜩 긴장해 얼어 있는 승우의 표정을 보고 공진은 혼자 키득대며 한참을 웃었다.

승우는 왠지 놀리는 것 같은 공진의 웃음소리가 신경 쓰였지만, 난생처음 타는 디스코팡팡을 앞에 두고 놀리지 말라며 소리칠 틈이 없었다.

잠시 후 디스코팡팡이 천천히 움직이기 시작했다. 스피커에서는 끊임없이 말을 이어 나가며 사람들을 웃기는 운행 직원의 목소리와 음악 소리가 섞여서 울려 퍼졌다.

직원의 눈에 마침 승우가 눈에 들어온 것 같았다. 승우는 안전바에 찰싹 매달려 떨어지지 않으려 안간힘을 썼지만, 직원은 승우를 집중 공략하듯 기계를 조작했다.

"어, 안 떨어져? 이래도? 이래도 버텨?"

직원이 연신 승우를 놀려댔다. 승우는 결국 오래 버티지 못하고 바닥으로 주르륵 미끄러져 떨어졌다. 승우가 다시 일어서려고 버둥대는 모습이 우스운지 공진은 배를 잡고 큰 소리로 웃었다.

잠시 후 운행을 마친 디스코팡팡에서 내려온 승우는 이번엔 공진의 손을 잡아끌었다. 절대 타지 않겠다고 버티던 공진은 승우가 막무가내로 잡아끄는 힘을 이기지 못했다.

"오호, 겁 없는 녀석이 이번에는 친구까지 데려온 거니?"

직원은 디스코팡팡이 움직이는 내내 공진과 승우를 놀려대면 정신없이 튕겨 댔다. 연신 떨어지고, 미끄러지고, 허둥지둥 튕겨 나가도 공진과 승우는 뭐가 그리 좋은지 쉬지 않고 웃었다.

아무 이유도, 생각도 없이 그냥 지금 기분 그대로 터져 나오는 날것의 웃음이었다.

● ● ●

"아, 진짜 재밌었다."

"어, 나도. 진짜 재밌다."

이른 점심을 먹고 바이킹을 탔는데 밖을 나설 때는 이미 노을이 지는 중이었다. 연신 재밌었다는 말을 하며 하루 동안 탔던 놀이기구 이야기를 나누었다.

둘의 얼굴엔 웃음이 떠나갈 줄 몰랐다. 승우와 공진은 퍽 행복해 보였다.

승우가 공진의 팔뚝을 툭 치며 말했다.

"야, 우리 다음에 또 오자."

"다음에?"

"응, 그때는 더 일찍 와서 더 많이 타게. 돈도 더 가져오고. 아! 그때는 다른 애들까지 불러서 다 같이 올까? 현승이는 아마……."

승우와 나란히 걷던 공진이 잠깐 멈칫하며 승우를 빤히 바라보았다. 반 친구 중 누구를 부르면 좋을지 말하느라 잔뜩 신이 난 승우는 제 옆을 걷던 공진이 걸음을 멈춘 것도 알아채지 못했다.

공진은 앞서 걷는 승우의 뒷모습을 가만히 쳐다보았다. 승우의 말에 공진은 왠지 모르게 조금 울컥했다. 눈물이 날 것 같진 않았지만, 가슴을 찡하게 울리는 느낌이 들었다. 마른침을 삼켰다.

뜬금없이 왜 이런 기분이 드는 건지 공진은 알지 못했다. 다만 지금 이 순간만큼은 승우와 친한 친구가 된 것 같았다.

"야, 안 오고 뭐 해. 집에 안 가?"

"아, 아무것도 아니야. 같이 가!"

자신을 향해 빨리 오라며 손짓하는 승우를 보며 공진은 힘껏 뛰었다.

친구를 향해 뛰어간다는 게 무엇인지 공진이 이제 좀 알 것 같았다.

땅에 딛는 공진의 발걸음이 한층 더 가벼워졌다.

제7장
늑대, 집으로 돌아가다

'오늘이 며칠이더라……'

눈을 뜬 승우는 무심코 떠오르는 생각에 휴대폰을 찾았다. 베개 옆을 더듬거리다가 자신에게 휴대폰이 없다는 사실을 떠올렸다. 공진의 집에 컴퓨터를 쓸 수 있었기에 승우는 휴대폰의 필요성을 거의 느끼지 못했었다.

학교가 끝나면 바로 학원에 가야 했고, 학원에서 친구들과 지내면 휴대폰으로 누군가와 연락할 일이 좀처럼 없었다. 어쩌다 아줌마나 엄마, 아빠와 연락할 때 말고는 승우에게 휴대폰이 꼭 필요하진 않았었다.

고개를 돌려 집 안을 이리저리 살펴보았지만, 달력이 보이지 않았다. 승우는 집을 나온 날부터 손가락을 하나씩 접어 가며 날짜를 세기 시작했다.

"25일에 나왔으니까 26일, 27일, 28일, 29일. 헉, 벌써 이렇게 나 많이 지났나?"

그저 2, 3일 놀았다고 생각했는데, 꽤 많은 날이 지나 있었다.

"오늘이 벌써 12월 30일이라니……."

그리고 다음 날은 12월 31일. 올해의 마지막 날이었다.

"뭐야. 진짜 얼마 안 남았네……."

승우는 제대로 행복해 본 적도 없는데 이렇게 자신의 열네 살이 끝나 버리니 아쉬운 기분이 들었다.

문득 엄마가 보고 싶어졌다. 엄마에게만큼 살갑게 다가갈 순 없었지만, 아빠도 보고 싶었다. 올해가 고작 하루 남았다고 생각하니 갑자기 마음이 초조해졌다.

승우의 마음에 잔잔한 파도가 쳤다. 가슴 깊은 곳까지 밀려 들어와 온통 바닥을 적신 외로움의 물결은 언제 밀려들어 왔느냐는 듯 제 흔적만 남기고 순식간에 빠져나갔다. 공허한 승우의 마음이 축축하게 젖었다.

이제는 집으로 돌아가야 할 때가 되었다고, 승우는 생각했다.

이미 공진은 학교에 간 모양이었다. 침대 이층 바닥을 보며 승우는 작은 목소리로 투덜댔다.

"피곤하지도 않나. 그놈의 학교, 뭐가 그리 좋다고 꼬박꼬박 챙겨 가는 거야."

승우는 공진의 그런 점을 이해할 수 없었다.

집 안엔 적막감만 흘렀다.

딱히 챙겨야 할 짐은 없었다. 그저 방 한구석에 벗어둔 점퍼 하나만 다시 껴입으면 될 일이었다. 그래도 혹시나 제가 머문 흔적이 공진의 기분을 망치게 될까 봐 분주하게 방 안을 정리했다.

눈에 밟히는 것들은 한쪽으로 치우고 여기저기 떨어진 과자 부스러기도 물티슈로 닦았다. 침대 위 이불 주름까지 손으로 잘 펴내고 나서야 승우는 마음이 놓였다.

승우는 마지막으로 굳게 닫힌 방문 앞에 섰다. 그리고 처음으로 아저씨를 불렀다.

"아저씨, 저 이제 집에 갈게요."

목소리가 꽤 컸음에도, 방 안에서는 인기척이 없었다. 그래도 승우는 아저씨가 분명 들었으리라 믿었다.

승우가 돌아서서 신발을 신고 현관문 손잡이를 돌리려 할 때였다.

"조심히 가라."

아저씨의 말에 승우가 조금 웃었다. 무심했지만, 분명 다정

했다. 마치 공진처럼.

승우는 이제 알 것 같았다. 보이는 것이 전부는 아니었다.

집으로 걸어가는 길이 낯설게 느껴졌다. 최대한 빨리 집에서 불편한 것 없이 쉬고 싶은 마음과, 집에 돌아가 봤자 다시 혼자가 될 거라는 생각이 부딪쳤다.

승우의 복잡한 마음이 발끝에 전해졌는지 터벅터벅 걷는 발걸음에 힘이 빠져 보였다.

'집으로 돌아가면 어떻게 되려나. 많이 혼나겠지……?'

승우는 깊은 한숨을 뱉어냈다. 자신이 며칠간 했던 일을 후회진 않았지만, 집으로 돌아갔을 때 마주할 앞일이 막막한 건 사실이었다.

잠시 뒤 벌어질 일을 그 어떤 방향으로 상상해도 결말은 모두 마음에 들지 않았다. 부모님이 말없이 자기를 안아 주면 좋겠다고 승우는 생각했지만, 그럴 가능성은 가장 적었다.

한참을 생각에 빠져 걷다 보니 어느새 집 앞이었다. 승우는 멈추어 서서 고개를 들고 높다란 아파트를 올려다보았다. 습관처럼 마음속으로 층수를 세면서 집 위치를 눈으로 확인하고 나서야 승우는 다시 걸음을 뗐다.

모든 건 변함없이 제자리였다. 그저 승우 자신만이 잠시 밖에 나갔다 돌아왔을 뿐이었다.

비밀번호를 누르고 집으로 들어갈 때까지 고요했다.

'아무도 없나?'

하지만 곧이어 안방 문이 벌컥 열렸다.

"승우야!"

엄마가 화장기 하나 없는 얼굴로 뛰어나왔다.

엄마는 승우를 와락 품에 안았다. 승우는 조금 낯설었다. 들이켠 숨에서 엄마 냄새가 나자 그제야 승우의 허전한 마음에 따뜻한 온기가 들어찼다.

"너 이 자식."

엄마의 품에서 순식간에 끌려 나온 승우의 고개가 곧이어 이어진 강한 충격으로 인해 강하게 돌아갔다.

짝!

승우는 아픈 것보다 어떻게 된 일인지 파악이 안 되어 얼떨떨했다. 곧 아빠에게 맞은 뺨이 얼얼했지만, 화가 나지도, 아프지도 않았다. 그저 조금 피곤할 뿐이었다.

"여보!"

아빠를 향해 악쓰듯 고함치던 엄마가 부어오르기 시작한 승우의 뺨을 어루만지다, 승우를 안았다가를 반복하며 어쩔 줄 몰라했다.

"그동안 어디 있었냐! 말도 없이 네 멋대로 어디를 간 거야!"

자신을 향해 윽박지르며 몰아붙이는 아빠의 얼굴은 무섭기 보단 낯설었다. 승우는 입 밖으로 나오려던 말을 삼켰다.

'과연 이 사람에게 구구절절 이야기할 필요가 있을까? 이런 사람이 내 마음 따위 이해나 할까?'

"어서 대답 안 해?"

승우의 침묵에 화가 났는지 또다시 손이 올라가려는 아빠를 이번엔 엄마가 막았다.

"여보! 애 얼굴 안 보여요? 세상에, 얼굴이 반쪽이 됐어. 승우 야, 아빠가 묻잖아. 어디 갔었어? 나쁜 일 당한 건 아니지? 응?"

품으로 잡아당기는 엄마의 손길을 밀어내지 않고, 승우는 그 저 담담히 서 있었다. 집에 오는 길에 예상한 대로였다.

"……그냥 친구 집에 있었어요."

"친구 누구? 엄마가 네 친구는 다 찾아봤는데……."

"공진이요."

"누구?"

"공진이요. 오공진. 엄마, 나 이제 좀 들어가서 자도 돼요?"

딱히 허락을 구하며 묻는 말이 아니라는 것을 보여 주듯, 승 우는 말을 마치자마자 자기 방 안으로 들어갔다.

승우의 방문이 굳게 닫혔다.

"후우……."

방으로 들어오고 나서야 승우는 참았던 숨을 밖으로 크게 뱉어냈다. 여전히 가슴은 답답했다. 한참이나 그렇게 가만히 서서 숨을 들이켜고 내쉬기를 반복해야 했다. 몇 번 크게 호흡하고 나자 단단하게 얼어붙은 마음에 물기가 천천히 어렸다.

익숙한 냄새와 익숙한 물건들.

'내 방 안이 이토록 편안한 안식처였음을 왜 여태까진 몰랐을까.'

승우는 점퍼만 벗어 던지고 그대로 침대에 누웠다. 잠들고 싶었다. 한숨 자고 나면 모든 것이 아무렇지 않은 것처럼 그렇게 끝이 나 있었으면 좋겠다고, 승우는 눈을 감고 생각했다.

승우의 마음은 여전히 춥기만 했다.

"승우야, 일어나 봐. 승우야. 승우야."

깊게 잠이 들었던 승우는 자신을 깨우는 손길에 놀라 번뜩 눈을 떴다. 외출하려는 건지, 화장한 엄마의 얼굴이 보였다.

승우는 정신을 차리려는 듯 거칠게 눈을 비볐다.

"……왜요?"

"같이 가 볼 데가 있어. 너도 와야 한다고 해서."

"어디 가는데요?"

"경찰서."

피로가 채 가시지 않아 인상을 쓴 채 가만히 몸을 일으킨 승우가 화들짝 놀라 엄마를 바라보았다.

공진이 떠올랐다.

"경찰서는 왜요?"

"네가 사라져서 엄마, 아빠가 실종 신고를 해 놨었거든. 너도 와야 한다는구나."

걱정하지 말라는 듯 엄마는 승우를 향해 부드럽게 미소 지었지만, 승우는 경찰서에 가서 무언가를 말해야 한다는 것이 영 탐탁지 않았다. 불안하고 찝찝한 생각이 자꾸만 마음속에서 피어올랐다.

"그냥 확인만 하러 가는 거야."

승우의 표정을 읽은 엄마가 다시 한 번 달랬다.

승우는 마지못해 고개를 끄덕이고는 침대에서 일어났다. 오늘 먹은 게 아무것도 없어서인지 머리가 띵했다. 몸이 휘청거리자 엄마가 재빨리 부축했다.

"너 진짜 괜찮니? 병원에 가야 하는 거 아니야?"

"괜찮아요. 그냥 좀 어지러워서 그래요."

"하아, 진짜. 너……."

엄마는 하고 싶은 말이 많아 보였지만 애써 참는 듯했다. 승우는 그런 엄마의 표정을 모른 척하며 아까 벗어둔 점퍼를 입었다. 공진의 집에서 지낼 땐 한 번도 맡아 본 적 없는 퀴퀴한 냄새가 점퍼에 배어 있었다.

승우는 잠시 인상을 찌푸렸으나, 저를 빤히 쳐다보고 있는 엄마를 보며 끝끝내 점퍼를 벗지는 않았다.

경찰서로 가는 내내 차 안은 조용했다. 승우가 할 말이 없어 입을 닫고 있는 것이라면, 엄마와 아빠는 하고 싶은 말이 많지만 일부러 꾹 참는 것 같았다. 승우는 그런 부모님을 모른 척했다.

12월 마지막 날을 하루 남긴 오늘의 바깥 풍경은 승우의 마음속처럼 어둡고 쓸쓸했다. 승우는 가만히 창밖을 바라보았다.

"내려."

차가 멈추자 아빠는 승우에게 고개도 돌리지 않은 채 말을 뱉고는 먼저 내려 경찰서 건물을 향해 걸었다. 차에서 내린 승우는 엄마를 따라 건물 안으로 들어갔다.

경찰서에 가까워질 때부터 승우의 머릿속엔 온통 한 가지 생각뿐이었다.

'진짜 확인만 하러 온 것 맞아?'

입구에 들어서자 보이는 낯선 풍경에 승우의 발걸음이 주춤

했다. 이곳은 공기부터 차가웠다. 숨을 들이쉬고 내쉴 때마다 폐가 얼어붙는 것 같았다. 아무도 자신에게 시선을 두고 있지 않았지만, 당장이라도 누군가 튀어나와 거세게 윽박지를 것 같았다. 두려움이 몰아쳤다.

승우는 바짝 긴장했다.

엄마는 고개를 이리저리 돌려 사무실을 살피더니, 찾으려던 사람을 발견했는지 곧장 그를 향해 걸음을 옮겼다. 승우는 군말 없이 엄마의 뒤를 따랐다.

"오셨어요."

엄마보다 어려 보이는 아저씨가 자리에서 일어나 고개를 숙여 인사했다. 엄마도 가볍게 고개를 끄덕했다.

"애 아빠는요?"

"안쪽에서 이야기 나누고 계십니다. 얘가 승우인가요?"

"네. 승우야, 인사 드려. 우리 사건 담당해 주실 아저씨야."

'사건……'

고작 며칠 집 나와 있었는데 형사가 직접 조사하는 '사건'이 될 줄은, 승우는 꿈에도 몰랐다.

엄마 뒤에 바짝 붙어 선 승우가 어색하게 고개를 끄덕이며 형사의 눈을 피했다.

"오래 기다려야 하나요?"

"아닙니다. 아마 이제 곧 도착할 겁니다."

의자에 앉아 고개를 푹 숙이고 있던 승우는 엄마와 형사의 대화를 엿들으며 초조하게 손가락만 만지작거렸다. 아무래도 두 사람이 주고받는 이야기가 심상치 않은 듯했다.

'설마······.'

승우는 애써 자신이 상상하는 일이 벌어지지는 않을 거라는 듯 고개를 작게 저었다.

"확인해 보니 몇 년 전에 직장을 그만두었네요. 그 뒤로 일용직 전전하며 근근이 살았던 모양이고요. 근데 이것도 얼마 하진 못했던 모양입니다. 돈은 당연히 없었을 거고요. 그래서 아마 애를 잡아 둔 것으로 보입니다. 담당하는 부서에 연락해 보니 복지센터에서도 여러 차례 찾아가 봤는데, 방 안에서 무얼 하는지 문을 잠그고 도통 나오지 않았다네요. 아마 도박이나 게임에 중독된 게 아닌가 짐작하더라고요. 그 집 아이는 당연히 방치되어 생활하는 것 같더라고요. 실제로 더 어릴 때는 분리 조치된 적도 있었는데, 아이가 워낙 심하게 거부해서 어쩔 수 없이 다시 같이 지내고 있다고 해요. 뭐 복지센터 사람 말로는 그 집은 사람이 살 수 없을 정도로 엉망이라는데, 어떻게 그런 곳에서 며칠씩이나 잡혀 있었는지······."

형사는 말끝을 흐리며 승우를 슬쩍 바라보았다.

두 사람의 대화가 승우의 귀에 자신과 전혀 상관없는 일처럼 들렸다. 그런 아저씨도, 그런 아이도, 그런 곳도 승우는 본 적 없었기 때문이다.

공진의 아빠는 무뚝뚝하지만 정이 있었고, 공진은 게임도 하고 놀이공원도 같이 간 친구였다. 무엇보다 공진의 집은 아늑했다.

승우는 지금 들은 이야기가 사실이 아니라고 말하고 싶었지만, 형사는 어린애가 떼쓰는 걸로 여길 게 분명했다.

무언가 끔찍한 일이 일어나고 있었다. 승우가 황급히 엄마를 보며 말했다.

"엄마, 혹시……."

"어, 저기 오네요."

승우가 말을 마치기도 전에 모니터를 보며 키보드 자판을 두드리던 형사가 자리에서 벌떡 일어났다. 형사의 시선을 따라 승우의 고개도 돌아갔다.

그곳엔 공진이 서 있었다.

잔뜩 얼어붙은 표정으로 자꾸 불안한 듯 주변을 둘러보던 공진은 이내 승우와 눈이 마주쳤다. 공진의 눈은 이미 벌게져 있었다. 승우의 표정도 단숨에 굳었다.

자신 때문에 공진은 얼마나 울었을까, 생각하니 승우의 머릿속이 하얘졌다. 승우는 커다란 공진의 눈을 계속 바라볼 수가 없었다.

'저 겁에 질린 공진의 얼굴이 나 때문이라니……'

승우는 숨이 턱 막히고 괴로웠다.

"……재가 여기 왜 와요?"

"승우야, 그게……."

승우의 목소리가 떨렸다.

"엄마가 그랬어요?"

"……."

"엄마가 공진이 신고했냐고요!"

"승우야!"

엄마는 끝까지 승우의 질문에 답하지 않았다. 오히려 승우를 향해 목소리를 낮추라는 듯 경고하며 이름을 나직이 불렀다. 승우의 손끝이 점점 떨렸다.

"신 형사님."

"이 형사, 왔어? 왜 애 혼자야? 애 아빠는?"

"어, 그게…… 그놈이 끝까지 방문을 잠그고 버티는 중이라 조금 더 시간이 걸릴 것 같습니다. 영장이 아직 안 나와서……. 우선 애라도 데리고 와야 방문을 열 것 같아서 애 먼저 데리고 왔어요. 애는 어디로 데려갈까요?"

"뭐? 아, 골치 아프게 됐네."

형사는 잔뜩 짜증이 난 얼굴로 한숨을 쉬었다.

"우선 안으로 데려가. 애 아빠를 데려와야 뭘 하든가 하지."

"죄송합니다."

"저기요."

형사들의 대화를 잠자코 대화를 듣고 있던 승우가 불쑥 끼어들었다.

형사가 승우를 돌아보았다. 그의 표정에는 짜증과 귀찮음이 잔뜩 서려 있었다.

"공진이는 아무 잘못 없어요. 그냥 가라고 하세요."

"허, 참. 얘야."

"진짜 아무 잘못 없다니까요. 집에 다시 가라고 하라고요!"

"얘야, 흥분하지 마. 쟤 아빠는 아동학대 기록도 있고 해서……."

"공진이 아빠가 뭐요! 진짜 왜 그래요? 내가 나갔다고요. 내가 내 발로 걸어 집 나간 거라고요! 쟤는 날 도와줬다고요!"

형사는 승우가 씩씩대며 흥분하자 당황한 듯 보였다. 큰 소리를 한번 치려다가, 옆에 서 있는 승우의 엄마를 보고 멈칫했다.

"승우야. 네가 친구를 걱정하는 건 알겠어. 하지만 이건 그런 마음으로 해결할 문제가 아니야."

"엄마! 좀! 그런 거 아니라니까요. 진짜 공진이는 잘못한 게 없다고요!"

"걔 때문이 아니면 너처럼 순하고 착한 애가 왜 집을 나가! 다 걔랑, 걔 아빠가 작정하고 널 잡아둔 거지!"

"아니라고요! 아니라고 몇 번을 말해요. 진짜!"

"김승우, 앉아!"

승우는 아빠의 목소리에 말을 멈췄다. 안에서 이야기가 끝났는지 승우의 아빠가 승우 쪽으로 걸어오고 있었다. 또각또각, 구두 소리가 승우의 신경을 날카롭게 긁었다. 형사가 아빠를 보고 고개 숙여 인사했다.

"입 다물어라. 버릇없게 이게 무슨 행동이야."

낮게 깔린 아빠의 목소리는 승우의 입을 단번에 다물게 했다. 승우의 뒷목이 바짝 섰다. 아빠는 엄마와는 달랐다. 쏟아내고 싶은 말이 잔뜩 있었지만, 아빠 앞에서 승우의 입은 꽉 닫혀 열기 힘들었다.

그사이 형사는 엄마와 나눈 이야기를 요약해 아빠에게 다시금 전했다. 아빠의 표정이 점점 더 험악해졌다. 형사의 말이 끝나자, 아빠는 기다렸다는 듯 승우와 엄마를 번갈아 바라보며 말했다.

"그러니까 내가 뭐랬어! 내가 그 따위 학교는 보내지 말자고 했지. 그딴 곳에 애를 보내니까 멀쩡했던 애가 그런 새끼들에게 홀라당 당하기나 하고 정신 못 차리잖아."

"여보, 지금 당신 승우가 이런 일을 당한 게 나 때문이라고 말하고 싶은 거예요?"

"그런 말이 아니잖아. 환경을 보라고 환경을. 당신은 그런데 너무 무심하잖아. 애초에 내가 말했던 학교에 입학시켰으면 애가 이런 꼴을 당했겠냐고!"

승우는 답답했다.

엄마와 아빠의 대화에 제대로 된 사실이라곤 하나도 없었다. 제발 그만 좀 하라고 끼어들고 싶었지만, 두 사람은 애초에 승우의 말을 들을 생각조차 없어 보였다.

도대체 말이 통하지 않았다. 아니라고 여러 차례 말을 하건만, 어른들은 승우가 하는 말을 들을 생각이 없는 듯했다.

승우는 여기에 있지만, 없는 사람이었다.

승우의 눈에 점점 어른들의 모습이 다르게 보이기 시작했다. 그들은 사람이 아닌 로봇이었다. 차가운 금속으로 만들어져 감정이 메마른 로봇. 아무것도 듣지 않고 보지 않는 로봇들은 그저 정답이라고 입력된 방식대로만 일을 처리하려 한다. 그런 게 아니라는 승우의 외침은 그저 공중에 분해되어 떠돌 뿐이다.

승우는 이 차갑고 감정 없는 어른들의 결정 때문에 공진이 무슨 짓을 당할지 몰라 두려워졌다. 공진은 승우와 같은 사람이었다. 그래서 감정이 메마른 로봇들 앞에서 너무나 약한 존재였다.

승우가 공진을 보았다. 공진도 승우를 보았다.

온갖 형용할 수 없는 감정들이 서로의 눈빛을 통해 각자의 마음으로 전해졌다. 무언가 뜨겁고, 울컥하고, 치밀어 오르는 감정들이 승우 안에서 휘몰아쳤다. 그것들은 승우의 속을 한바탕 휩쓸더니 점점 가슴으로 모여들었다.

감정은 커지고, 커지고, 커졌다. 감당할 수 없을 만큼 커다랗게 변한 덩어리는 끝내 승우의 가슴 안에서 터지고 말았다.

"제발 그만 좀 하라고요!"

그건 외침이기보단 절규에 가까웠다. 승우의 갑작스러운 행동에 일순간 시간이 정지된 것처럼 모든 이들의 행동이 멈추었다.

"신고하려면, 엄마를 신고하세요. 아, 자기 자신은 신고 안 되나? 그럼 엄마가 아빠를 신고하면 되겠네, 아빠가 엄마 신고하고. 엄마가 무슨 자격으로 공진이를 신고해요! 공진이를 왜!"

악에 받쳐 엄마에게 고함친 승우는 씩씩대며 숨을 골랐다.

속을 꽉 막았던 무언가가 뻥 뚫리는 기분이었다. 쾌감이 머리부터 발끝을 스쳤다. 후련했다.

그러나 그러한 느낌도 고작 찰나일 뿐이었다. 승우를 잠깐 훑고 간 쾌감은 이내 곧 허탈감을 두고 갔다.

승우의 가슴이 텅 비었다.

짧은 정적이 흘렀다. 그 누구도 승우를 향해 입을 열지 못했다. 승우의 눈에 하얗게 질린 엄마와 아빠의 얼굴이 보였다.

"……크리스마스에 나랑 같이 있어 준 건 그 애예요."

승우는 울먹이는 목소리로 말을 이었다.

아무도 말을 잇지 않았다. 엄마도, 아빠도, 경찰들도, 아무도.

승우는 결국 울음을 터트렸다.

또 다른 늑대 이야기:
셋

"계세요? 오상철 씨, 계시죠?"

컴퓨터 게임을 하던 공진은 갑작스러운 소리에 화들짝 놀랐다.

쿵쿵쿵, 현관문 두드리는 소리가 공진의 심장을 쿵쿵쿵, 두드리는 것 같았다. 공진은 조금 겁이 났다. 오상철은 아빠의 이름이었다.

공진은 현관문을 살짝 열어 누구인지 확인하려 했지만, 문이 열림과 동시에 반대편에서 잡아끄는 힘 때문에 확 고꾸라졌다. 겨우 중심을 잡고 넘어지는 걸 면한 공진 앞에는 처음 보는 남자 셋이 서 있었다.

"네가 공진이니?"

공진은 바짝 얼은 표정으로 고개를 끄덕였다. 공진이 문을 못 닫게 하려는 듯 한 남자가 문을 활짝 열어젖혔다.

"너 승우 알지. 너희 반 김승우."

"……네."

머뭇거리던 공진이 작은 목소리로 대답하자, 이번엔 다른 남자가 공진의 앞으로 다가섰다.

"공진아, 안녕?"

낯익은 얼굴에 공진은 잠시 눈을 찡그리며 그를 기억해 내려 애썼다. 곧 어렵지 않게 그를 떠올렸다. 얼마 전 학교에서 만났던 형사 중 한 명이었다.

공진의 얼굴이 하얗게 질렸다. 남자는 공진을 보고 슬쩍 웃었다.

"그때 거짓말했구나, 너?"

공진은 그의 말에 아무런 대답도 하지 못했다. 남자는 공진의 대답을 듣고자 한 것이 아니었다는 듯 다음 질문을 이었다.

"승우, 그동안 여기에 있었니?"

"……."

그 짧은 순간 공진은 속으로 거짓말을 해야 하나, 말아야 하나를 몇 번이나 고민했다. 자신을 내려다보는 형사의 얼굴을 슬쩍 바라보았다. 눈빛이 차가웠다. 그제야 그가 자신에게 답을 듣고자 하는 것이 아님을 알았다.

공진은 고양이에게 내몰린 쥐새끼가 된 기분이 들었다. 분명 아무런 잘못이 없는데도, 괜히 그렇게 느껴졌다. 어디든 좋으니 당장 숨고 싶었다.

공진이 주춤거리며 뒤로 물러서자 사내들은 아무도 허락을 구하지 않고 집 안으로 들이닥쳤다.

"와, 이게 사람이 살 수 있는 집이야?"

공진의 얼굴이 새빨갛게 변했다. 형사는 인상을 쓰며 슬쩍 손으로 코를 막는 시늉을 했다. 마치 악취가 나는 쓰레기더미 안에 들어온 것처럼 굴었다. 공진은 기분이 나빴지만, 할 수 있는 말이 딱히 없었다.

"야. 너희 아빠는 어디 있어? 너 혼자 있던 거 아니지?"

집을 둘러보는 형사 옆에서 다른 남자가 말했다. 공진은 말없이 남자의 눈을 피했다. 자신을 향한 의심과 불신이 가득한 눈빛이었다. 지난번 학교에서 이것저것 캐묻던 형사의 눈빛과 똑같았다.

"박 형사님. 이 방이요. 좀 수상한데요. 잠겨 있어요. 안에 사람이 있는 것 같은데."

"그래?"

쿵쿵쿵, 쿵쿵쿵.

"저기요. 안에 있어요? 문 좀 열어 보세요. 오상철 씨, 오상철
씨!"

사내들이 문을 두드리는 소리가 요란했다. 공진은 문이 부서
질 수도 있겠다고 생각했다.

무서웠다. 도망치고 싶었다. 자신은 죄가 없다고 소리치며
그들을 집 밖으로 밀어내고도 싶었다. 하지만 공진은 발바닥이
땅에 붙어 버리기라도 한 듯 우두커니 서서 움직일 수조차 없
었다.

"네 아빠. 저 안에 있지?"

"……."

"숨은 거니?"

"……."

"하, 진짜. 미치겠네. 이봐, 김 형사. 어떻게 방 안으로 들어갈
방법은 없어? 영장 없으니까 부수진 말고."

"잠시만요. 한번 해 볼게요."

당장 부수기라도 할 기세로 문고리를 붙잡고 흔드는 이들을
공진은 두려움 가득한 눈빛으로 바라보았다.

"박 형사님, 신 형사님이 서두르라고 전화 왔어요. 그분들 곧
서에 도착하실 것 같다고요."

"아, 젠장. 우리 보고 어쩌라는 거야. 김 형사, 우선 멈춰 봐. 얘 이름이 뭐랬지?"

"공진이요, 오공진."

"그래, 공진아. 너 우리랑 어디 좀 같이 가야겠다. 널 데리고 가야 네 아빠가 나올 것 같아."

땅에 붙어 버리기라도 한 것 같던 공진의 다리가 그제야 천천히 움직이기 시작했다. 자신을 향해 한 걸음씩 다가오는 형사에 맞춰 공진도 한 걸음씩 그로부터 뒷걸음질 쳤다.

"어, 어딜 가요? 저 아무런 잘못도 안 했어요."

"김승우를 유괴한 사람이 네 아빠라는 신고가 들어왔어. 우리가 너한테 물어볼 것도 있고. 이제 할 말이 있다면 서에 가서 천천히 하자."

"시, 싫어요. 안 가요!"

"야, 얘 먼저 데려가. 김 형사, 비켜 봐. 어이, 오상철 씨. 안에 있는 거 다 알아요. 애 혼자 보낼 거예요? 문 열어요. 문 따도 되죠? 오상철 씨, 오상철!"

공진의 눈에 눈물이 차오른 건 이때부터였다. 끌려가지 않겠다고 온 힘을 다해 버텼음에도, 공진은 너무도 쉽게 형사의 손에 이끌려 경찰서로 향해야 했다.

건장한 어른 앞에서 열네 살 공진은 한없이 작기만 한 아이였다. 공진의 두 손은 벌벌 떨렸고, 눈물은 쉼 없이 흘러내렸다. 아무런 힘이 없는 자신의 처지가 죽을 만큼 싫었다.

쿵쿵쿵, 쿵쿵쿵.

형사에게 잡혀 끌려가는 동안 공진의 귀에는 형사들이 방문을 주먹으로 내리치는 소리가 환청처럼 끊이질 않고 이어졌다.

끌려 나오다시피 집 밖으로 나온 공진은 겁에 질려 아무것도 보지 못하고, 아무 소리도 들을 수 없었다.

그런 공진이 겨우 정신을 차린 건 승우 때문이었다. 생전 처음 와 보는 경찰서에서 공진은 승우를 만났다. 죽어 버린 듯한 공진의 탁한 눈빛이 다시 살아 돌아온 것처럼 빛을 냈다.

승우와 눈이 마주친 순간 공진은 자신을 구해 줄 유일한 구세주가 승우라는 걸 알았다. 공진은 당장이라도 승우에게 달려가 매달리고 싶었다. 제발 도와 달라고, 우린 아무 잘못도 하지 않았다고, 제발 이 사람들에게 네가 설명 좀 해 달라고 애원하고 싶었다.

하지만 공진은 승우에게 다가가지도, 승우를 붙잡고 말을 하지도 못했다. 다리는 땅에 붙은 것처럼 떨어지지 않았고, 입은 실로 단단하게 박음질이라도 한 것처럼 붙어 버렸다. 공진이할 수 있는 건 그저 눈물을 흘리며 서 있는 것뿐이었다. 더 이상 눈물이 닦이지 않을 정도로 공진의 양 소매는 이미 축축하게 젖어 있었다.

공진은 도망가고 싶었다. 누군가 기다렸다는 듯 공진을 향해 활을 거누었다. 수십 개의 날카로운 화살촉이 공진을 에워쌌다.

공진은 그대로 주저앉고 싶었다. 끔찍하게도 공진을 향해 활을 거누고 시위를 당기고 있는 사람은 바로 공진 자신이었다. 수십 명의 공진이 자신을 에워싸고 당장이라도 활을 쏠 것처럼 시위를 당기고 있었다.

공진은 지금, 눈앞에 펼쳐진 이 끔찍한 일들이 자신의 거짓말 때문에 벌어졌다고 생각했다.

'다 나 때문이야. 그때 내가 거짓말을 하지 않았더라면. 이런 일은…… 이런 일은……'

슉, 슉, 슉, 슉.

그 순간 수십 명의 공진이 쏜 화살이 가운데 우두커니 선 자신에게로 날아들었다. 공진에게 화살이 날아와 꽂힐 때마다 공진의 마음에는 커다란 구멍이 생겼다. 뚫린 구멍에선 피가 뚝, 뚝, 뚝, 흘렀다.

마음이 처참하게 망가지는 중이었다.

'그때 거짓말을 하지 말걸.'

슉, 슉, 슉.

'승우가 우리 집에 있다고 솔직하게 말할걸.'

슉, 슉, 슉, 슉.

공진의 꼴은 처참했다. 온몸에 상처를 입은 채로 우두커니 선 공진을 아무도 부축해 주지 않았다.

공진은 조금 억울했다.

'난 큰 거짓말 같은 건 해 본 적 없이 살았는데, 그냥 그때 딱 한 번 해 본 게 다인데…….'

이렇게 무서운 일이 생길 줄 알았다면 공진은 절대 그런 거짓말은 하지 않았을 거였다.

공진은 천천히 무너지듯 주저앉았다. 그때 공진의 귓가로 승우의 날카로운 목소리가 들려왔다.

이 낯설고 무서운 곳에서 공진이 아는 사람이라곤 승우 한 명이었다. 하지만 미친 듯이 악을 쓰며 몸부림치는 승우조차 지금의 공진에게는 너무나 낯설게만 느껴졌다.

세상이 온통 뒤죽박죽 뒤섞여 버린 것처럼 어지러웠다.

'도대체 나에게 무슨 일이 일어나고 있는 걸까…….'

머리가 멍했다.

공진이 문득 정신을 차렸을 때는 이미 형사가 공진을 차 뒷

좌석에 밀어 넣는 중이었다. 뒷문을 닫은 형사는 다시 운전석으로 올라탔다. 그러고는 시동을 걸더니 공진을 쳐다보지도 않고 말했다.

"아무 일도 없던 것으로 끝났으니 너무 겁먹지 마라."

"……"

"어린 네가 이게 무슨 고생이니."

"……"

"하나같이 다 나쁜 새끼들이야."

"……"

"억울하면, 빨리 커라."

차가 출발했다.

공진은 집에 도착할 때까지 잠자코 고개를 숙인 채로 있었다. 형사가 공진에게 집에 도착했으니 내려도 좋다고 말했다. 공진은 그제야 고개를 들었다.

형사는 공진을 힐끔 쳐다보더니 앞장서 걷기 시작했다. 공진도 그를 따라 걸었다.

1층에서 엘리베이터를 타고 몇 번의 덜컹거림을 참아냈다. 익숙한 숫자가 보이자 곧 문이 열렸다. 공진은 형사보다 먼저 엘리베이터에서 몸을 빼냈다.

집 현관문은 활짝 열려 있었다.

"어, 김 형사 아직 안 갔어? 정리됐다고 아까 신 형사님이 연락한 것 같았는데."

"아, 연락은 받았습니다. 그런데 그게⋯⋯."

공진은 난처한 표정을 짓는 그의 시선을 따라 자연스럽게 바닥으로 고개를 돌렸다. 부서진 방문 손잡이가 바닥에 처참히 널브러져 있었다.

형사는 변명이라도 하는 듯 당황하는 목소리로 말을 이었다.

"오상철이 안에 있는 건 분명한데, 자꾸 버티는 바람에 방문을 몇 번 찼더니 그만⋯⋯. 아, 공진아, 걱정 마. 수리기사 불렀으니까 이건 내가 꼭 고쳐 놓을게."

"미친놈. 조심 좀 하라니까. 그럼 여기 계속 있을 거야?"

"아, 아뇨. 문은 이따 기사가 고쳐 놓고 간다고 했어요. 저희는 가도 된다고⋯⋯. 저, 손잡이는 내가 미안하다. 정말 미안!"

공진과 함께 온 형사가 사고 친 동생을 혼내는 것처럼 김 형사의 머리를 쥐어박는 시늉을 했다.

한바탕 소란을 피운 두 사람이 돌아가자 공진은 그제야 모든 게 끝났다는 생각에 작은 숨을 뱉어냈다.

공진은 아직도 굳게 닫혀 있는 문을 두 손으로 밀어 보았다. 안에서 어떻게 막아 두었는지 모르나, 문은 여전히 꿈쩍도 하지 않았다.

형사들의 짐작이 맞다. 방 안에는 아빠가 있었다.

공진은 방문에 이마를 대고 기대어 섰다. 그간 나오지 않던 목소리가 드디어 터져 나왔다.

"다 듣고 있는 거 알아요. 형사들 갔어요. 이제 다 끝났대요."

"……."

"아빠……. 왜 나 데리러 오지 않았어요?"

"……."

"……무서웠단 말이에요."

"……."

"아빠, 진짜 잊은 거 아니죠? 나 아직…… 열네 살이에요."

공진은 방문에 등을 기대고 스르륵 주저앉았다.

멈추었던 눈물이 또다시 공진의 얼굴 위로 주르륵 흘러내렸다.

제8장
떠도는 늑대

"승우야, 뭐 먹고 싶은 거 있니? 맛있는 거 먹으러 갈까?"

방문을 열고 들어온 엄마를 향해 승우는 가만히 고개를 저었다. 엄마는 무언가 할 말이 남은 사람처럼 방문을 닫지 않고 서 있었다.

승우는 빤히 엄마를 바라보았다. 노트북 화면 속 승우의 캐릭터가 날아오는 총알에 맞아 픽, 하고 쓰러졌다.

엄마, 아빠와 함께하는 새해의 첫날도 그렇게 행복하진 않았다.

승우의 눈치를 보느라 아침부터 연신 말을 거는 엄마와 평소와 달리 거실에 머무르며 잔뜩 어색한 표정으로 주변을 맴

도는 아빠. 이런 분위기가 어색하고 싫은 승우는 결국 문을 닫고 자기 방 안으로 들어가 버렸다.

"……먹고 싶은 게 생기면 언제든지 말해 줘."

결국 엄마는 승우에게 별 말을 하지 못하고 조심스레 방문을 닫았다. 엄마가 나가자 승우의 시선이 다시 노트북 속 게임으로 옮겨졌다.

승우가 몇 번 클릭하자 쓰러진 캐릭터가 다시 살아나 새로운 배경에서 움직이기 시작했다. 표정 없는 얼굴로 한 손은 키보드를, 다른 한 손은 마우스를 움직였다.

승우의 캐릭터는 얼마 지나지 않아 또 다시 누군가가 쏜 총알에 맞고 피를 흘리며 쓰러지고 말았다.

"아, 혼자 하니까 진짜 재미없네."

승우의 혼잣말이 방 안을 조용히 울렸다. 눈썹을 찡그리며 공진의 게임 아이디를 기억해 보려 애썼지만, 도통 떠오르지 않았다.

승우는 공진에게 전화를 걸어서 안부라도 묻고 싶었다. 시답지 않은 이야기를 나누며 슬쩍 게임 아이디를 묻고, 같이 게임을 하자는 말을 건네고 싶었다. 하지만 도저히 용기가 나지 않았다. 휴대폰 너머 공진의 목소리를 듣게 된다면 자신은 무슨 말을 할 수 있을까 생각하는 것만으로 겁이 났다.

승우는 휴대폰을 손에 들고 만지작거렸다.

"같이 놀 때 재밌었는데."

승우의 캐릭터는 몇 번이나 얼마 못 가 죽고 말았다. 게임에 집중하는 것도 힘들었다. 혼자 하는 것보다 둘이 하는 게임이 훨씬 재미있다는 걸 승우는 비로소 알게 되었다.

노트북을 덮은 승우는 침대에 벌러덩 누워 눈을 감았다. 공진과 보낸 시간이 오래된 영화처럼 머릿속에서 하나둘 스쳐 지나갔다.

승우의 얼굴에 작은 미소가 걸렸다.

"승우야, 저녁 먹어야지. 어서 일어나."

엄마의 조심스러운 손길에 승우가 눈을 떴다. 언제 잠이 든 것인지 모르게 깊이 잠들어 버렸다.

승우는 잠을 쫓으려는 듯 두 눈을 깜빡이며 몸을 일으켰다.

나가 보니 식탁 가득히 갖가지 음식이 차려져 있었다. 세 명이 다 먹기에는 너무 많다고 생각했다.

'아줌마가 다녀가셨나……?'

누가 차린 것인지 궁금하긴 했지만, 딱히 묻고 싶진 않았다. 승우는 조용히 제 자리를 찾아 앉았다.

세 사람이 모여 먹는 식사 자리는 어색하기만 했다. 대화 없이 젓가락이 그릇에 부딪히는 소리만 간간이 났다.

승우는 문득 공진과 먹었던 편의점 도시락이 떠올랐다. 공진의 집에는 전자레인지가 없어 뻑뻑하고 차가운 밥알을 씹어 먹었지만 그냥 좋았다. 지금 집에서 떠먹는 밥은 그때 먹은 밥만큼 목을 메이게 했다.

침묵을 깬 건 엄마였다.

"우리 여행이라도 다녀올까? 방학 끝나면 승우도 2학년이 되고 시간 내기 더 어려울 텐데……. 또 우리 가족 여행 다녀온 지도 오래됐고……. 승우야, 네 생각은 어때?"

엄마의 갑작스러운 제안에 승우의 눈이 커졌다.

엄마는 승우의 눈치를 보다가, 이번엔 아빠를 향해 고개를 돌렸다. 묵묵히 젓가락질을 하며 밥을 먹던 아빠가 고개를 끄덕이며 대답했다.

"그래, 알겠어. 며칠 시간은 낼 수 있을 거야."

아빠의 대답을 들은 엄마가 잔뜩 기대에 찬 표정으로 승우를 바라보았다. 승우도 마지못해 고개를 끄덕거렸다.

모두에게 원하는 대답을 들은 엄마의 얼굴에 환한 미소가 번졌다. 잔뜩 기분이 좋아진 모양인지 엄마는 그동안의 정적이 무색할 만큼 어느 여행지가 좋을지 쉬지 않고 이야기를 이어 나갔다.

하지만 그 어떤 이야기도 승우의 귀에 들어오지 않았다. 승우는 엄마의 말을 듣는 중 마는 둥 깨작깨작 밥을 먹기만 했다.

순한 양처럼 말 잘 듣는 아이로 지내면서 하염없이 엄마와 아빠를 홀로 기다리던 그 시간이 승우의 머릿속에 스쳐 지나갔다. 명절도, 생일도, 그 숱한 기념일에도 낼 수 없던 시간이 이렇게 단숨에 만들 수 있는 것이었다니.

'그동안 나는 진짜 바보였네.'

엄마, 아빠와 시간을 만들려면 앞으로 몇 번의 가출을 더 해야 하는지 떠올리던 승우는 헛웃음이 났다. 자조적인 웃음이었다. 승우의 입 안이 썼다.

"승우야, 넌 하고 싶은 거 없어?"

"네?"

"여행 가서 말이야. 뭐 갖고 싶거나, 해 보고 싶은 거 있으면 엄마한테 말해 줘. 엄마가 우리 승우 원하는 건 다 해 줄게."

"아……. 네."

"생각해 보고 꼭 말해 줘. 알았지?"

'결국 이렇게 되어 좋은 걸까.'

승우는 자기 마음을 도통 알 수가 없었다. 그토록 원하던 엄마, 아빠와의 시간을 갖게 되었는데 왜 하나도 기쁘지 않은 건지, 왜 하나도 행복하지 않은 건지. 왜 이렇게 마음은 무겁기만 한 건지.

승우는, 그 어느 하나조차 제대로 알 수 없었다. 조심스레 들고 있던 젓가락을 내려놓았다.

◐ ◑ ◐

"나 진짜 방학 내내 게임만 했잖아. 엄마가 2학년 되기 전까지만 실컷 놀라고 진짜 내버려 두더라. 진짜 날 새서 게임해도 잔소리 한 번 안 하더라니까."

"게임 접속할 때마다 네 아이디 보이더라. 작작 좀 해. 인마."

"야, 2학년 되면 얄짤없다 하잖아. 우리 엄마는 진심이더라고. 매일 날 새서라도 해야 했어."

"미친놈. 이 새끼 가끔 진짜 또라이 같다니까."

겨울방학이 끝나고 교실은 시끌벅적했다.

"어? 승우야!"

"야, 김승우!"

승우가 교실에 들어서자 아이들이 승우를 에워쌌다. 승우는 아이들의 반응에 놀라 잠시 자리에서 멈칫했으나, 곧 아이들의 인사를 담담하게 받았다.

"승우 넌? 방학 동안 별 일 없었어?"

질문의 의도를 승우는 금세 알아차렸다. 그 일이 있고 바로

겨울방학이 시작되었으니, 아마 공진의 집에서 지낸 며칠간의 이야기가 궁금했을 것이다.

이 애들이 궁금한 건 승우의 방학이 아니라, 공진과의 이야기였다. 승우는 딱히 말하고 싶지 않았다. 대수롭지 않은 투로 적당히 대답했다.

"그냥, 뭐. 엄마, 아빠랑 여행 다녀왔어."

"여행? 어디? 해외로?"

"응, 그냥 하와이."

"와, 대박. 그냥 하와이라니! 역시 다르네, 달라."

승우를 둘러싼 아이들에게서 탄성이 터져 나왔다. 어느새 대화의 소재는 하와이로 바뀌어 있었다.

하와이에 가서 뭘 했는지, 뭘 먹었는지, 뭘 샀는지 묻는 아이들의 질문에 승우는 귀찮은 내색 없이 대답해 주었다. 이쪽 한 명의 질문에 답하면, 저쪽에서 새로운 질문이 이어졌고, 새 질문에 답을 하면 또 다른 질문이 다른 쪽에서 튀어나왔다.

그렇게 이쪽저쪽 바쁘게 고개를 움직이던 승우는 뒷문으로 들어오는 한 아이를 보게 된 순간 입이 닫혀 버렸다.

공진이었다.

승우의 시선을 따라 아이들의 시선도 모조리 뒷문으로 향했다. 아이들이 자기들끼리 주고받는 얘기가 승우의 귀에 들렸다.

'공진이 이사 간다더라, 쟤네 아빠 신고당해서 잡혀 갔다더라.'

온갖 이야기가 들리다가, 어느 순간 승우의 귀에 아무런 소리도 들리지 않았다.

공진은 승우를 한 번도 쳐다보지 않은 채 자기 자리로 걸어가 털썩 앉았다. 교실에 늘 있지만 없는 사람인 것처럼 오늘도 여전히.

승우는 공진의 이름을 부르고 싶었지만, 목소리가 제대로 나오지 않았다. 목구멍이 턱, 막힌 듯 '공진'이라는 두 글자조차 소리를 낼 수 없었다. 커다란 돌덩이로 가슴을 짓누르는 것처럼 마음이 답답하고 고통스러웠다.

그때 담임선생님이 들어왔다. 선생님이 등장하자 아이들은 자연스럽게 제 자리를 찾아 흩어졌다.

승우는 자꾸만 공진을 향하는 제 시선을 멈출 수가 없었다. 야속하게도 공진은 한 번도 승우를 바라봐 주지 않았다. 승우는 몇 번이고 몰래 공진을 힐끔대다가 곧 포기했다.

선생님을 쳐다보면서 승우는 차라리 공진이 자신을 바라봐주지 않아서 다행이라고 생각했다.

공진과 눈이 마주친다면, 그때 승우는 무슨 말을 해야 할지

막막했다.

"2학년까지 며칠 안 남았으니까, 제발 사고 치지 말자. 이제 정신 차리고 공부도 좀 하고. 너희 시험 점수 보면 진짜 내가 말이 안 나온다, 안 나와. 너희도 느끼는 바가 있겠지?"

한숨을 내쉬는 선생님의 말에 아이들의 입이 삐죽거렸다. 그러나 누구 하나 토를 달지 않았다. 시험 없는 중학교 1학년 생활이 곧 끝난다는 사실이, 교실 안의 아이들을 긴장하게 만들었다.

"아, 그리고. 너희들에게 아쉬운 이야기를 하나 더 해야겠다. 승우, 일어나 봐라."

승우가 엉거주춤 자리에서 일어났다.

'아, 그 일 때문이구나.'

승우는 선생님이 왜 자기를 불렀는지 알았다.

"얘들아, 승우가 오늘까지만 우리와 지내게 됐다. 다른 학교로 전학을 가게 되었으니, 오늘 승우와 마지막 인사도 좀 나누고. 알겠지?"

선생님의 말이 끝나자 교실 안의 모든 시선이 승우를 향했다. 승우는 아이들을 향해 멋쩍게 웃으며 슬그머니 자리에 앉았다.

몇 가지 안내 사항을 더 전한 선생님이 교실을 나서자, 아이들은 기다렸다는 듯 승우에게로 몰려들었다.

"아, 김승우. 너 진짜 전학 가?"

"와, 세상에. 나 진짜 놀랐어."

"그럼 너 오늘이 마지막 날이야?"

쏟아지는 질문에 승우가 난감해했다. 승우 자신도 모든 것이 얼떨떨하기만 했다. 막상 전학을 앞두게 되니 마음이 혼란스러웠다.

방학 동안 다녀온 승우네 가족 여행은 그럭저럭 괜찮았다. 아니, 오히려 좋은 편이었다.

낯선 여행지에서 승우는 빠르게 현실을 잊을 수 있었다. 하와이의 이국적인 풍경 덕분에 승우의 눈은 쉴 새 없이 바빴고, 침울한 생각에 빠져 있을 틈이 없었다.

승우는 이곳저곳을 다니며 여행의 묘미를 누렸다. 맛있는 음식도 실컷 먹고, 사고 싶은 것도 마음껏 샀다. 하와이에서는 여유로운 하루가 계속되었다.

승우의 엄마와 아빠도 여행하는 동안에는 노트북과 휴대폰을 손에서 내려놓았다. 아들과 함께하는 시간을 보내기 위함이라는 그럴듯한 명목이었다.

승우를 무겁고 침울하게 만들던 머릿속 생각들이 흔적도 없이 사라졌고, 그토록 바라던 엄마, 아빠와의 시간은 결국 승우를 웃게 만들었다. 그 일이 있은 후로 늘 무거웠던 승우의 마음이 점차 홀가분해졌다. 승우는 비로소 행복했다.

여행을 마치고 집으로 돌아오던 날, 비행기 안에서 아빠는 승우에게 2학년부터는 새로운 학교에 다니게 될 거라고 말했다. 놀란 승우가 엄마를 바라보았다.

"아빠 말씀이 맞아."

엄마가 고개를 끄덕이며 말했다. 승우는 그저 알았다고 대답할 수밖에 없었다. 일방적으로 전달 받은 전학 결정이 딱히 놀랍지 않았다.

폭발하듯 터져 버린 승우의 일갈로 가출 사건은 단숨에 없던 일이 되었다. 공진은 그대로 집으로 돌아갔고 이후로 둘은 만나지 않았다.

사실 승우는 공진이 집에 돌아간 줄도 몰랐었다. 그때 형사가 데리고 가는 공진의 뒷모습을 보며 막연히 공진의 '그 집'으로 돌아갔을 거라고 짐작할 뿐이었다.

경찰서를 나오며 승우는 이제 더 이상 공진과 마주칠 일은 없을 것 같다고 생각했다. 그리고 승우의 예상이 맞았다. 이제 승우는 아빠가 보내려 했던 사립학교에서 2학년을 시작하게 되었다.

"승우야, 너 혹시 재 때문에 전학 가는 거야?"

누군가의 물음에 승우의 표정이 굳었다. 갑자기 아이들이 동조하는 목소리를 냈다. 공진을 질책하는 분위기가 빠르게 교실 안을 지배했다.

"와, 정작 나가야 할 애는 버티고 애꿎은 승우만 왜……"

"그러니까. 저 새끼 다 듣고 있으면서 모르는 척 뻔뻔하게 앉아 있는 것 봐."

"쟤 중학교까지 따라온다는 소리 듣고 기겁했잖아. 쟤 이 동네에 살지도 않는다는데 우리 학교에 왜 다니는 거지?"

승우는 당장이라도 아이들의 입을 틀어막고 싶었다. 아무것도 모르는 애들이, 마치 모든 걸 다 알고 있다는 듯 공진을 탓했다.

결국 승우가 참지 못하고 입을 열었다.

"그만해!"

승우의 한마디에 너도나도 지껄이던 수많은 목소리가 단숨에 멈췄다. 승우는 차갑게 말을 이었다.

"제대로 알지도 못하잖아. 공진이 탓 아니야. 공진이는 잘못 없어."

"어? 어……. 아니, 난 그냥 네가 힘들었으니까……."

처음 공진의 탓이라고 한 아이가 승우의 말에 무안한 듯 말꼬리를 흐렸다. 승우는 그런 위로 필요 없다는 듯 그 애를 가만히 노려만 보았다.

"미, 미안."

무겁게 가라앉은 분위기에 아이들은 서둘러 자리로 돌아갔다.

그리고 승우는 공진을 바라보았다.

'다 듣고 있으면서…….'

승우는 공진에게 묻고 싶었다.

'너 정말 다 듣고 있어? 너 정말…… 괜찮아?'

그러면서도 더 이상 공진의 목소리를 들을 수 없을 거라고, 승우는 생각했다.

다만 공진의 어깨가 미묘하게 들썩이는 것처럼 보였다.

서글픈 속울음을 기어코 참아내는 것처럼.

에필로그

늑대들

하루가 빠르게 흘렀다.

아이들은 담임선생님에게 하교 인사를 하자마자 썰물처럼 빠르게 교실 밖으로 빠져나갔다.

승우는 못 챙긴 짐이 없나 다시 한 번 책상 속을 확인하고는 천천히 가방 지퍼를 닫았다.

'어? 공진이……'

모두가 빠져나간 빈 교실에 공진은 아직도 우두커니 혼자 앉아 있었다. 승우는 공진을 빤히 바라보았다. 공진과 얘기를 하고 싶었다.

잠시간이 지나, 공진은 천천히 일어나 가방을 멨다. 딱히 짐

을 챙기지도 않았다. 그저 아침에 들고 온 가방을 그대로 챙겨
나가는 모양이었다.

승우는 아직도 그 자리에 서서 공진을 보고 있었다. 공진이
드디어 승우를 보았다.

"……"

"……"

둘은 한참을 그렇게 서로 바라보았다.

승우는 자꾸만 침을 삼켰다. 목구멍이 탁 막히는 기분 탓이
었다. 하고 싶은 말은 많은데, 도대체 무얼 어떻게 말해야 할지
도통 몰랐다.

'공진이도 나와 같은 기분일까?'

승우는 묻고 싶었다.

"……전학."

먼저 입을 연 것은 공진이었다.

"응?"

"잘 가."

"아……. 그래."

승우는 어색하게 대답했다.

고개를 푹 숙인 공진이 제 신발 끝을 잠시 바라보더니, 크게
숨을 들이켜고는 뒷문을 향해 걷기 시작했다. 그렇게 공진이

문을 빠져나가기 직전 이번엔 승우가 공진을 불렀다.

"야!"

공진이 그 자리에 멈춰 승우 쪽으로 고개를 돌렸다.

승우는 단단히 엉킨 실타래처럼 좀처럼 풀리지 않는 문장 덩어리에서 겨우겨우 건진 말을 힘겹게 내뱉었다.

"그때 놀이공원 재밌었어."

"어?"

"……그 바이킹."

"……."

"나중에…… 또 같이 타러 가자고."

말을 마친 승우는 공진을 제대로 보지 못했다.

'제대로 사과하고 싶은데, 모두 내 탓이라고도 말하고 싶은데, 나 때문에 힘든 일을 겪게 해서 미안하다고 하고 싶은데, 왜 하필 이런 말이 튀어나오는 걸까…….'

승우는 제가 한 말을 후회했다.

"……뭐래, 진짜."

공진의 반응에 승우는 고개를 바로 들었다.

공진이 승우를 보며 웃고 있었다. 공진과 마주 본 승우의 얼굴에도 그제야 미소가 지어졌다.

공진은 그런 승우를 아주 잠시 더 바라보다, 말없이 몸을 돌려 교실을 빠져나갔다. 승우는 그 자리에서 공진이 교실을 빠져 나가는 모습을 멍하니 보고만 있었다.

복도를 걷는 공진의 발소리가 점차 희미하게 멀어졌다.

승우는 울컥 눈물이 났다.

승우는 알았다. 이제 자신과 공진이 더 이상 만날 수 없음을.

'늘 곁에 있었지만 항상 남이었던 그 아이는, 앞으로도 쭉 그렇게 나와 먼 세계에서 살아가겠지. 매일 혼자였던 그 아이는 앞으로도 계속 혼자인 채로 살면서…….'

외로웠던 열네 살의 승우는 또 다른 외로움, 오공진을 기억하기로 했다.

"진심인데……."

물기 맺힌 목소리로 승우가 조용히 중얼거렸다.

늘대는 무리를 이루며 살아야 한다.

태생적으로 혼자 살 수 없기 때문이다.

그러나 여기에

떠도는 늑대가 있다.

외로움에 사무쳐,

무리 옆을 떠나지 못하는 떠도는 늑대가 있다.

작가의 말

그날은 크리스마스였습니다. 가족과 함께한 저녁 식사 후, 뒷정리를 하던 제게 불쑥 두 아이가 찾아왔어요. 먼저 온 아이는 승우였습니다. 모든 걸 갖춘 가정환경에서 자랐지만, 따뜻한 가족의 품을 느끼지 못하는, 그래서 이 크리스마스가 유독 외롭게 느껴지는 아이가요.

그리고 한참 후에 공진이도 저를 찾아왔습니다. 아주 늦은 밤중이었어요. 공진이는 오랜 시간 고민하고 온 듯했습니다. 가까이 다가오는 것을 망설이며 주저하는 공진이의 손을 제가 황급히 붙잡았습니다.

마음이 급했습니다. 하루가 끝나기 전에 이 두 아이를 서로 만나게 해 주고 싶었어요. 그날은 크리스마스였으니까요. 승우와 공진이를 향해 잠시만 기다려 달라고 말하며, 그 즉시 자리에 쭈그려 앉아 휴대폰 메모장 앱을 켜고 승우와 공진이의 이야기를 써 내려갔습니다.

『늑대들』은 이렇게 시작되었어요.

어린이도, 어른도 아닌 승우와 공진이를 향해 어른들은 '이제 너흰 다 컸으니까.'라고 하며 스스로 할 일을 해나가길 바랐습니다.

그러나 또 한편으론 '너흰 아직 어리니까.'라고 말하며 아이들의 의견을 듣지 않은 채 자신들 마음대로 결정했고요. 아이들은 혼란스러워 보였습니다. 하고 싶은 말들을 자꾸만 삼키고 있었어요. 어쩌면 말할 기회조차 얻지 못한 것일 수도 있겠습니다.

제가 한 일이라곤, 그저 이 두 외로운 아이가 만날 수 있도록 도와준 것뿐입니다. 승우는 공진이의 이야기를 들어 주었고, 공진이는 승우의 이야기를 들어 주었지요. 다행히 함께 있는 동안만큼은, 두 아이 모두 외롭지 않아 보였습니다.

앞으로 승우와 공진이가 만나게 될 세상의 모습이 어떠할지는 모르겠습니다. 아마 두 아이가 겪어 온 현실과 크게 다를 바 없을지도 모르겠네요. 그래도 전 승우와 공진이가 지금보다 조금 더 행복하면 좋겠습니다.

저는 앞으로도 주변을 더 두리번대며 살피려 합니다. 제게 용기 내어 찾아와 준 승우, 공진이와는 달리 아직도 우리 사회에는 홀로 거리를 떠도는 늑대들이 많이 있으니까요.

2023년 2월

이영은

늑대들

초판 인쇄 2023년 02월 15일
초판 발행 2023년 02월 20일

저자 이영은
발행인 이진곤
발행처 블랙홀
출판등록 제 25100-2015-000077호(2015년 10월 26일)
주소 경기도 파주시 문발로 405 제2출판단지 활자마을
전화 02-338-0092
팩스 02-338-0097
홈페이지 www.seentalk.co.kr
E-mail seentalk@naver.com

ISBN 979-11-88974-68-9 44800
979-11-956569-0-5 (세트)

 블랙홀은 씨엔톡의 자매 회사입니다.